诺贝尔文学奖得主代表作

Cannery Row

罐头厂街

〔美〕约翰·斯坦贝克 著
John Steinbeck

李天奇 译

人民文学出版社
PEOPLE'S LITERATURE PUBLISHING HOUSE

著作权合同登记号　图字 01-2018-0254

John Steinbeck
Cannery Row

Copyright © 1945 by John Steinbeck
Published in agreement with McIntosh and Otis, Inc.
through Bardon-Chinese Media Agency.
Simplified Chinese edition copyright © 2018 by Shanghai 99 Readers'
Culture Co., Ltd.
All rights reserved.

图书在版编目(CIP)数据

罐头厂街/(美)约翰·斯坦贝克著;李天奇译.
—北京:人民文学出版社,2018
ISBN 978-7-02-014168-5

Ⅰ.①罐… Ⅱ.①约… ②李… Ⅲ.①长篇小说-美国-现代　Ⅳ.①I712.45

中国版本图书馆 CIP 数据核字(2018)第 086248 号

责任编辑	朱卫净　邱小群
封面设计	李　佳

出版发行	人民文学出版社
社　　址	北京市朝内大街 166 号
邮政编码	100705
网　　址	http://www.rw-cn.com
印　　制	上海盛通时代印刷有限公司
经　　销	全国新华书店等
开　　本	890 毫米×1240 毫米　1/32
印　　张	5.125
字　　数	104 千字
版　　次	2018 年 8 月北京第 1 版
印　　次	2018 年 8 月第 1 次印刷
书　　号	978-7-02-014168-5
定　　价	35.00 元

如有印装质量问题,请与本社图书销售中心调换。电话:010-65233595

罐头厂街位于加利福尼亚州的蒙特利半岛。它是一首诗，一股恶臭，一阵刺耳的噪声，一片深浅不变的光，一个音调，一种习惯，一阵思乡之情，一个梦。一切在罐头厂街聚集成群，又四下分散：生锈的锡块和铁皮、碎木片、凹凸不平的地面、杂草丛生的前院、成山的垃圾、沙丁鱼罐头厂的波形铁板、廉价的酒场舞厅、餐馆和妓院、人头攒动的杂货店、实验室和便宜旅馆。这里的居民呢，曾有人说是"妓女、皮条客、赌徒和杂种"的混合体，换言之，也就是普通人。如果换个不同角度的窥视孔来看，他也许会说"圣人、天使、殉教者和信徒"，意思并没有任何改变。

早上，等捕捉沙丁鱼的船队有了收获，围网船就吹响鸣笛，拖着沉重的渔网慢慢开入海港。满载而归的船只吃水很深。它们沿岸停靠，旁边就是罐头厂伸入海中的无数根长尾。这是句经过深思熟虑的比喻，因为如果罐头厂伸入海中的不是长尾，而是血盆大口，那从工厂另一端涌出的沙丁鱼罐头恐怕会更加骇人，至少就比喻意义而言。[1] 罐头厂的笛声随之响起，整个城镇的男女老少迅速换好衣服，跑到罐头厂街来工作。上流阶级随即也坐着闪

---

1 这句所描述的是二十世纪三十年代的粗暴捕鱼方式：停在岸边的驳船和罐头厂之间以巨大的水下管道相连，捕鱼船不必靠岸就可将鱼直接送到工厂里进行处理。

闪发光的轿车赶来了：警监、会计、坐办公室的老板。下一拨从镇上涌来的是意大利人、中国人和波兰人，他们不分男女都穿着长裤、橡胶工作服和防水围裙，冲到工厂里洗鱼、切鱼、包鱼、煮鱼、装罐头。整条街隆隆抖动，咔哒作响，时而呻吟，时而尖叫。鱼群组成的银色河流从船上源源不断地向外喷涌，船只在水面上越升越高，直到舱内空空如也。罐头厂隆隆抖动，咔哒作响，吱吱呀呀地叫个不停，直到最后一条鱼也已经洗净切好，煮熟装进了罐头。然后工厂的鸣笛再次响起，疲惫不堪的意大利人、中国人和波兰人三三两两地出了门，全身都湿淋淋地散发着腥气。他们摇摇晃晃地上山回城，罐头厂街再次恢复原状——静谧而又神奇。日常生活重新开始。流浪汉之前都厌恶地躲到了黑丝柏树下，现在又都出来了，坐回空地的生锈管道上。朵拉店里的姑娘也冒了出来，天气好就晒晒太阳。医生从西部生物实验室漫步过街，去李忠的杂货店买两夸脱啤酒。油漆工亨利站在杂草丛生的空地上，像万能梗犬一样在垃圾堆里四处翻弄，为正在建造的船寻找木头或金属零件。夜色渐浓，朵拉店门口的街灯亮了，在罐头厂街洒下不灭的月光。西部生物实验室有访客上门，医生又去李忠那儿买了五品脱啤酒。

怎样才能鲜活地描绘出那缕诗意，那股恶臭，那阵刺耳的噪声——还有光线的质地，音色，习惯和梦？采集海洋动物标本的时候，有些扁虫一碰就碎，脆弱得几乎不可能保存完整。你只能凑近一把小刀，让它们自己扭动着爬上来，再小心地移入装满海水的瓶子。也许这本书也该以同样的方式来写——展平书页，让故事自己爬进来。

1

李忠的杂货店算不上什么清洁楷模，存货量却堪称奇迹。在这间狭小的屋子里，一个人能找到幸福生活所需要的一切：衣服、生鲜食品、罐头、酒水、烟草、渔具、机器、船、绳索、帽子、猪排。在李忠这儿，你能一口气买到一双拖鞋、一件银色和服、四分之一品脱威士忌和一支雪茄。你可以根据不同心情挑出各种商品组合。至于李忠唯一没存货的生活必需品，空地对面的朵拉店里就有。

杂货店天一亮就开门，等所有流浪汉把最后一枚硬币都花干净，或者回去休息了才闭店。倒不是李忠有多贪婪。他并不贪，只是如果有人想花钱，他的店就在那儿开着。李忠在整个社区里的地位让他自己也难以置信。开店开了这些年，罐头厂街上的每一个人都欠他的钱。他从来不会催债，但如果欠款积得太多，他就不让对方赊账了。比起上山进城，顾客们往往都会选择还钱，至少努力还一部分。

李忠长着张圆脸，待人彬彬有礼。他的英语发音一板一眼，只是从来不发 R 音。唐人街的堂口混战在加利福尼亚爆发期间，李忠有时会被人悬赏捉拿。他总是偷偷跑到旧金山去找家医院藏身，等风波过了再回来。没人知道他的钱都花在什么地方，也许他根本就不赚钱，也许他的财富都放在那些没收回的债里。但他过得很好，也深受四邻敬重。他十分信任自己的顾客，除非只有白痴才会再信下去。他也会在生意上犯错误，但他总能靠着善意扭转局面。和"宫殿旅舍烤肉馆"的往来就是这样，要不是李忠，谁都会觉得那样的交易纯属赔本买卖。

在杂货店里，李忠总是站在烟柜后面。他左手边摆着收款机，右手边则放着算盘。玻璃柜里有棕色雪茄和香烟，有德拉姆牛牌、公爵混合牌和五兄弟牌的烟草。他身后墙上的货架里摆着一品脱、半品脱和四分之一品脱装的酒，牌子有老格林河、老汤豪斯、老上校，还有大家的最爱，老田纳西。老田纳西是种四个月熟成的混合威士忌，非常便宜，这儿的人都叫它"老网球鞋"。李忠选择站在顾客和威士忌之间自有他的道理。有些别有用心的人曾尝试转移他的注意力，叫表兄弟、侄子、儿子或媳妇站在店里别的地方等他过去服务，但李忠从来没有离开过烟柜。柜子顶层的玻璃就是他的办公桌。他那双肥胖又灵活的手摆在玻璃面上，十指仿佛是蠢蠢欲动的小香肠。他的左手中指上戴着枚金色的婚戒，那是他身上唯一的首饰。他会用那枚戒指无声地敲击橡胶零钱垫，那上面的橡胶凸起早已磨平。李忠的嘴型饱满，言辞温和，笑起来时嘴里的金色闪光显得富足又温暖。他戴着副半圆形的眼镜，看什么都要透过镜片，望向远处时总要仰起头来。他用小香肠似的手指一刻不停地敲打算盘，加加减减，计算利息和折扣，用棕色的眼睛友善地扫视店内，向过往的客人露齿而笑。

某天傍晚，他站在烟柜后的老地方，为了保暖在脚下垫了叠报纸。他回想着当天下午做成的一桩交易,还有不久后又做成的另一桩交易,又是好笑又是悲伤。如果你走出杂货店,斜穿过杂草丛生的空地,绕过罐头厂里延伸出的巨大生锈管道,你就会看见杂草中的一条小路。跟着小路走过黑丝柏树,穿过铁轨,再沿着一条满是塄坎的鸡肠小道爬上坡,你会看见一座又矮又长的建筑,以前是用来存放鱼粉饲料的仓库。整个仓库就是一间带顶的屋子,本来属于一位名叫霍拉斯·阿布维尔的先生。霍拉斯有两个妻子,六个孩子,每天都过得忧心忡忡。在过去几年中,他凭借恳求和说服的本事,在李忠的店里积起了一大笔债,整个蒙特利都没人能比得上。就在这个下午,他走进了杂货店。见到李忠脸上掠过的严厉神色,霍拉斯疲惫而敏感的脸顿时抽搐了一下。李忠的肥胖手指敲打着橡胶垫。霍拉斯把双手平放到烟柜上。"我欠你不少钱吧。"他直白地说。

听到这样一句前所未有的开场白,李忠咧嘴一笑。他严肃地点点头,等着瞧霍拉斯这回又会耍什么把戏。

霍拉斯伸出舌头舔舔嘴唇,从左到右都舔了个遍。"我不想让这事压在孩子们头上,"他说,"你瞧,现在你连一包薄荷糖都不让他们拿了。"

李忠表示同意。"不少钱。"他说。

霍拉斯继续说:"你知道我那个地方吧,沿着小道上去,放鱼粉的。"

李忠点点头。那是他的鱼粉。

霍拉斯急切地说:"如果我把那地方送给你——够抵债的吗?"

李忠仰起头，透过半圆形的镜片盯着霍拉斯，头脑里飞快地调出各种账单，右手不安分地伸向算盘。他思考着：仓库不值几个钱，但如果罐头厂日后想扩建，那片空地也许能值不少。"够啊。"李忠说。

"那好，把账本都拿出来，我给你写个转让书。"霍拉斯显得迫不及待。

"不用书，"李忠说，"我写个纸，说你清了。"

两人完成了交易，李忠还送了他四分之一品脱的老网球鞋。霍拉斯·阿布维尔挺胸抬头地走出门，穿过空地，走过黑丝柏树，越过铁轨，沿着鸡肠小道走回曾经属于他的仓库，然后在一堆鱼粉上开枪自杀了。虽然这与故事本身并不相干，但自此之后，阿布维尔家的孩子们就再也没缺过薄荷糖，不管是哪位母亲生的。

让我们回到当天傍晚。霍拉斯躺在三角凳上，身上插着注射防腐液的针。他的两个妻子坐在门前的台阶上，紧紧抱在一起（葬礼之前，她们一直都是好朋友。葬礼之后，她们领走各自的孩子，再也没和对方说过话）。李忠站在烟柜后面，善良的棕色眼睛向下低垂，满心沉浸在中国式平静而永久的悲伤中。他知道自己对此无能为力，但他仍然希望自己能事先就知道，兴许还能伸出援手。李忠非常善解人意，明白自杀是不可侵犯的个人权利，但他也清楚，有时朋友能打消一个人轻生的念头。李忠包办了葬礼的全部费用，并为霍拉斯悲恸的家人送去了满满一洗衣篮的日用品。

就这样，阿布维尔的仓库归李忠所有了。仓库有完好的房顶和地板，有两扇窗户，一扇门。当然，它里面还有一大堆鱼粉，充满了微妙而强烈的气味。李忠一开始想把它当成存放杂货的库房，但随即又打消了这个念头。仓库离杂货店实在太远了，而且随便什么人都能从窗户进出。他用金戒指敲打着橡胶垫，思考着这个问题。这时店门开了，麦克走了进来。麦克是一群男人中最年长的，是其他人的领袖兼老师，偶尔也是他们的剥削者。这群人都没有家庭，没有钱，除了食物、酒精和个人满足外也没有别的追求。很多人都会在追求满足的过程中毁了自己，在疲惫中半途而废，麦克这群人却不一样。他们追求满足的方式随和低调，不走极端。他们现在就住在李忠店外空地上巨大的生锈管道里：麦克，力气很大、年纪很轻的海瑟，在拉·易达当临时酒保的艾迪，还有偶尔为西部生物实验室捕捉青蛙和野猫的修伊和琼斯。应该说，下雨天他们生活在管道里，而天气好的时候，他们就睡在空地最高处的黑丝柏树下。黑丝柏树低垂的树枝搭成了凉棚，让人可以躺在底下，眺望罐头厂街生机勃勃的人群。

麦克进门的时候，李忠的身体微微僵硬。他迅速扫视店内，想知道艾迪、海瑟、修伊或琼斯有没有一起跟进来，在货架间四处晃悠。

麦克无比诚恳地亮出了手里的牌。"李，"他说，"我和艾迪他们听说，阿布维尔那地方现在是你的了。"

李忠点点头，等着他说下去。

"我们想问问你，能不能让我们搬过去住。我们会给你看好房子。"他飞快地补充："不让别人闯进去，打坏东西什么的。你也知道,小孩可能会砸坏玻璃——"麦克如此提议,"要是没人看着,那地方说不定会起火。"

李忠仰起头,透过半圆形的镜片盯着麦克的眼睛,敲打的手指因沉思而放慢了节拍。麦克的眼神里满是善意和友情,诉说着想让所有人都幸福快乐的愿望。但李忠为什么会觉得有些走投无路呢?他的头脑谨慎地运作着,仿佛一只猫在仙人掌丛中轻巧地穿行。麦克这一手玩得相当巧妙,听起来纯粹是助人为乐。但李忠的头脑仍然灵敏地捕捉到了其他可能——不,不是可能,而是必然。他的手指敲得更慢了。他想象着自己拒绝麦克的提议,然后窗上的玻璃就碎了。麦克会第二次提议住过去看着房子——遭到李忠的第二次拒绝。李忠能闻到火灾的浓烟,能看见小小的火苗沿着墙面向上窜。麦克和他的朋友们会帮忙把火扑灭。李忠的手指在零钱垫上停了下来。他输了。他对此心知肚明。现在他能做的只有一件事,那就是挽回颜面。在这方面,麦克应该会相当慷慨。李忠说:"你愿意付钱租我那儿?你愿意和旅馆一样住?"

麦克露出大大的笑容,回答也确实慷慨。"嘿——"他大声说,"好主意。成啊。多少钱?"

李忠想了想。他知道,具体价格并不重要,反正他也拿不到这笔钱。还不如出个尽可能挽回颜面的数字。"一周五元。"李忠说。

麦克一路配合到最后。"我得跟伙计们谈谈,"他迟疑地说,"一周四元不行吗?"

"五元。"李忠坚决地说。

"嗯，我问问伙计们怎么说。"麦克说。

事情就这么定了，所有人都很高兴。就算其他人觉得李忠赔大了，至少李忠自己不是这么算的。窗户上的玻璃没碎，也没有发生火灾。虽然他没收到任何房租，但只要租客手里有点儿钱，他们也从来不会花在杂货店以外的地方。何况他们也经常有钱。这样一来，他就拥有了一群定期上门的稳定顾客。不仅如此。如果有醉汉到杂货店来闹事，如果新蒙特利的小孩们跑过来抢劫，李忠只要打个电话，租客们就会冲过来帮他摆平。这样的关系还有另一个好处——你不能偷恩人的东西。李忠省下的豆子罐头、番茄、牛奶和西瓜足以抵消房租。至于新蒙特利其他杂货店的失窃事件突然增多，那可不关李忠的事。

男人们搬了进去，鱼粉挪了出来。没人知道是谁起的名字，但仓库从此就被人称为"宫殿旅舍烤肉馆"了。管道里和黑丝柏树下没有地方摆放家具，或其他美好的小物件——它们既是我们文明的痼疾，也定义了文明的边界。但在宫殿旅舍里就不一样了。男人们开始行动。屋里出现了一把椅子，一张床垫，然后是又一把椅子。五金店提供了一罐红油漆，店主对此并无不满，因为他根本不知道这件事。屋里每增加一张新桌子、一只新脚凳，它们就会上一层新漆，不仅为了美观，也为了改个样子，免得前主人路过时认出来。宫殿旅舍烤肉馆开始正式运作。男人们坐在门前，越过铁轨、空地和街道，望着西部生物实验室的窗户。晚上，他们能听见实验室里传出的音乐。当医生过街去李忠店里买啤酒时，男人们的目光都注视着他。麦克说:"医生真是个好人。咱们该为他做点儿什么。"

2

字词是种令人欢喜的符号,将人和景、树和植物、工厂和哈巴狗全都一股脑吞下。事物变成词句,词句又变回事物,卷曲编织成神奇的花样。词句将罐头厂街一口吞下,消化后又全吐出来,为它增添了一层绿荫的闪亮,海天交辉的光芒。李忠不仅仅是一个中国杂货店主。他没这么简单。也许他处于正义和邪恶之间,在两者的拉扯下达成平衡——就像一颗亚洲行星,被老子哲学的吸引力固定在轨道上,又在算盘和收款台的离心力作用下远离老子。李忠就这么悬空自转,在货物和鬼魂之间不停回旋。他拿着豆子罐头时冷酷精明,捧着祖父遗骨时又心地柔软。他挖开了位于中国角的坟墓,找到了祖父发黄的骨头,头骨上还残留着粘连打结的白发。李忠小心地包好那些骨头:笔直的股骨和腔骨,头骨摆在中间,盆骨和锁骨围在一起,肋骨弯向两边。李忠把祖父脆弱的遗骨装在箱子里,送过大西洋,最终安葬在因祖先而神圣的家族土地上。

麦克那群人也同样有各自的运行轨道。他们是德行、典雅与美的化身。在蒙特利这个匆忙疯狂、不成模样的宇宙里,为了寻找食物,恐惧饥饿的人在争夺中吃坏自己的胃;为了得到爱,缺爱的人在渴求中毁掉了自己身上所有可爱的部分。而麦克和他的同伴们就是美，就是德行，就是典雅。在这世界上，得了溃疡的老虎统治天下，严苛的公牛践踏大地，盲目的豺狼以腐肉为食。麦克和同伴们优雅地与老虎共进晚餐，爱抚狂暴的野牛，小心包起面包屑，去喂罐头厂街的海鸥。如果一个人胃里长了溃疡，前列腺也不中用了，戴着双光眼镜才能看清东西，就算赢得了全世界，对他又有什么好处？麦克和同伴们小心地绕过陷阱，远离监狱，避开绞索。整整一代走投无路、酒精中毒、进退维艰的男人则对他们大喊大叫，骂他们是没用的废物，说他们没有好下场，是整个城镇的污点，叫他们小偷、无赖、乞丐。大自然中的造物者将生存的本领赠给了世间所有生灵，不管是郊狼、褐家鼠、麻雀、苍蝇还是飞蛾。对废物、污点和乞丐，他一定也怀着同样伟大而深厚的爱。麦克和他的同伴们。德行和典雅，懒惰与热情。大自然中的天父啊。

3

李忠的店位于空地右侧（空地上高高地堆着淘汰的锅炉、生锈的管道、巨大的方木和五加仑油罐；没人知道它为什么还叫"空"地）。空地后面的上坡处是铁轨和宫殿旅舍。空地左侧则是朵拉·弗拉德严厉而庄重的妓院，整洁而实在，风格传统，男人们可以一起进去喝杯啤酒。这里绝非不可信任的廉价夜总会，而是稳定可靠、口碑良好的俱乐部，由朵拉一手建造经营。朵拉干这行已经有五十年了，先是妓女，后来是老鸨。她天赋异禀，既有手段又以诚待人，既慷慨仁慈又脚踏实地，深受智者、学者和仁者的敬重。出于同样的原因，一些心灵扭曲，欲求不满的已婚妇女则联合起来恨她——她们的丈夫对婚姻生活敬而远之。

朵拉是个了不起的女人。她身材高大，一头橙红色的头发，喜欢穿尼罗绿色的晚礼服。她恪守诚信，妓院的服务价格统一，不卖烈酒，不许客人在她的地盘上大声喧哗或举止下流。在她的店里，有些姑娘因为年龄或身体原因没法接待客人，但朵拉从来不赶人。她自己也说，有些姑娘一个月都卖不到三次，但店里还是给她们供应一日三餐。出于对这个地方的热爱，朵拉把妓院命名为"熊旗餐厅"，据说也确实有很多人上门点三明治吃。妓院里一般有十二个姑娘，包括年老不接客的那些。除此之外，这里还有一个希腊厨师和一个看守。看守负责处理所有微妙而危险的事务。他劝架，将醉汉赶出门外，安抚歇斯底里的客人，治疗头疼，负责调酒。他为伤口和淤青进行包扎，白天和警察混在一起。大部分姑娘都信奉基督科学教派，看守会在周日早上大声朗读《科学与健康》。在他之前的那任看守没能平衡好自己的生活，最后走向了邪路。但阿尔弗雷德不一样，他不但克服了不利的环境，还影响了周围的人，令环境变得和他一样好。他知道哪些人应该来妓院，哪些人不该来。在整个蒙特利，没人比他更了解居民的私人生活。

至于朵拉——无人可以撼动她的存在。因为她做的生意违法，至少是书面上的违法，她必须比其他人还要加倍地守法。她的地盘上禁止喝醉，禁止斗殴，禁止一切粗野的行为，否则妓院就要被迫关门。作为非法的存在，朵拉还必须出奇慷慨。所有人都要来揩她的油。如果警察举办募集养老金的慈善舞会，一般人捐一元就够，朵拉必须出五十元。当商会决定修缮花园，商人们每人都给了五元，朵拉则应对方的要求给了一百。其他机构也一样：红十字会，社区福利基金，童子军——朵拉总是带着她恬不知耻、肮脏罪恶的收入排在捐款名单的第一位，无人知晓，无人歌颂。大萧条来临时，也是她的损失最严重。除了惯常的慈善捐款，朵拉还照看着罐头厂街上饥饿的孩子、失业的父亲和担忧的女人们。她替大家付了足足两年的日用品账单，差点儿因此而破产。朵拉家的姑娘们受过良好的训练，相处起来十分愉快。她们从来不会在街上和男人搭话，就算对方是前一晚刚来过的客人。

在现任看守阿尔弗还没上任的时候，熊旗餐厅里发生过一起悲剧，令所有人都很伤心。前一任看守名叫威廉姆，他是个肤色黝黑、神情孤独的人。白天没什么事做的时候，他有时会厌倦了待在姑娘堆里。透过窗户，他能看见麦克和同伴们坐在空地的管道上，在锦葵草丛里晃着双脚，晒着太阳，悠闲而富有哲学地讨论着他们感兴趣又无足轻重的话题。威廉姆不时会看见他们掏出一瓶老网球鞋，在袖子上抹抹瓶颈，轮流喝上一口。看着看着，威廉姆不禁也想加入这个美好的集体。有一天，他走出门，也坐到了管道上。麦克他们的谈话停止了，空地上落下一阵紧张而满怀敌意的沉默。过了一会儿，威廉姆闷闷不乐地走回了熊旗餐厅，透过窗户看见其他人又恢复了交谈。这让他很伤心。他的脸色阴沉难看，嘴角因愤恨而扭曲。

第二天，他又出了门，这次带上了一瓶威士忌。麦克和同伴们喝了他的威士忌，他们可没疯到要拒绝。但他们对威廉姆说的话仅限于"祝你好运"和"非常感谢"。

过了一会儿，威廉姆回到了熊旗餐厅，又透过窗户望着他们。他听见麦克提高了嗓门说："可是老天爷，我讨厌拉皮条的！"这显然不是实话，但威廉姆并不知道。麦克和同伴们只是不喜欢威廉姆这个人而已。

威廉姆的心碎了。连流浪汉都不愿意和他交际，觉得他低人一等。威廉姆一向为人内向，习惯苛责自己。他戴上帽子，沿着海岸走向灯塔，站在小而美丽的墓地里，听着海浪一如既往的拍击声。威廉姆的脑海里尽是些黑暗阴沉的念头。没有人爱他，没有人在乎他。其他人称他为看守，但他其实只是个拉皮条的——肮脏的皮条客，世上最低贱的人。然后他又想，他和其他人一样，有权快乐地生活。看在上帝分上，他当然有这个权利。他生气地走了回去，但等他回到熊旗餐厅、爬上台阶，他的怒气已经消失。这时候已经是傍晚了，点唱机播放着《收获月》。威廉姆想起了为他服务的第一个妓女，她很喜欢这首歌。后来她跑掉了，结了婚，从此消失。这首歌让他非常伤心。朵拉在后院喝茶。见到威廉姆，她说："怎么回事，你病了？"

"没有，"威廉姆说，"但那又怎么样？我感觉糟透了。我想自杀。"

朵拉和很多神经质的人打过交道。她相信最好的处理办法是开个玩笑，不让对方当真。"哦，那等你休息的时候吧，别把地毯弄脏了。"她说。

一朵灰暗而潮湿的乌云裹住了威廉姆的心。他慢慢走出后院，走下大厅，敲了敲伊娃·弗拉纳根的门。她有一头红发，每周都去教堂忏悔。伊娃是个非常看重精神信仰的姑娘，有很多兄弟姐妹，但她同时还是个无法预测的酒鬼。威廉姆进门的时候，她正在涂指甲油，涂得一团糟。威廉姆知道她喝醉了，朵拉从来不让喝醉的姑娘工作。她每根手指的第一指节都涂满了指甲油，这让她很生气。"你烦什么呢？"她说。威廉姆也动了气。"我要自杀。"他语气激烈地说。

伊娃冲他高声叫了起来。"那是最肮脏、污秽、低级的罪行。"她喊道，然后又说："我马上就能攒够钱，去东圣路易斯玩一圈了，你非要在这时候给店里找麻烦。你个没用的废物。"当威廉姆关上她的房门时，她还在不停地冲他大喊大叫。威廉姆走向厨房。他受够女人了。经过这两场与女人的对话，希腊厨师应该能给他带来安宁。

希腊厨师戴着宽大的围裙，袖子都挽了起来。他正用两个长柄锅炸猪排，拿冰锥挑起猪排翻面。"嗨，基茨。你还好吗？"猪排在锅里嗞嗞作响。

"说不好，洛，"威廉姆说，"我有时觉得还不如干脆——咔嚓！"他用手指对着脖子一划。

希腊厨师把冰锥摆到炉子上，将袖子挽得更高了。"跟你说，我听过这么一句话，基茨，"他说，"我听说，会这么说的人到最后也只是说说。"

威廉姆伸出手，轻巧地拿起了冰锥。他深深凝视希腊人漆黑的眼睛,在里面看见了好笑和不相信。但随着他凝视的时间越来越长,希腊人的眼神变得困扰而忧虑。威廉姆看着他眼神的变化,知道希腊人相信他干得出来,也相信他真的会这么干。看到这些,威廉姆知道自己没有退路了。他感到一阵悲伤,因为这行为现在显得有些愚蠢。他举起手,冰锥扎进了他的心脏。扎进去的过程容易得令人吃惊。在威廉姆之后的看守就是阿尔弗雷德。所有人都喜欢阿尔弗雷德。他可以随时和麦克他们一起坐在管道上。他甚至可以到宫殿旅舍去做客。

4

傍晚,在黄昏刚刚降临之时,罐头厂街上发生了一件奇怪的事。事情出在日落之后,街灯点亮之前,这是一段短暂而静谧的灰色时段。一个中国老头走下山,路过宫殿旅舍,走下鸡肠小道,穿过空地。他戴着一顶破旧的扁平草帽,穿着蓝色牛仔布做的外套和长裤,脚上套着沉甸甸的鞋。一只鞋的鞋底掉了,不停地随脚步拍打地面。老头一手提着个柳条篮,上面盖着盖子。他的脸瘦长黝黑,和牛肉干一样纹路纵横,苍老的眼睛是棕色的,就连眼白也是棕色的,深陷的眼球仿佛两个地洞。黄昏刚降临的时候,他走过街道,走进夹在西部生物实验室和赫迪昂多[1]罐头厂之间的小巷,然后穿过小小的海滩,消失在支撑码头的木桩和铁杆之间。

---

1 西班牙语,意为"发臭的"。

直到第二天黎明,他才会再次出现。

等到黎明时分,当街灯已经熄灭,天色尚未破晓,中国老头又从木桩之间爬出来,穿过海滩,走过街道。他的柳条篮变得沉甸甸的,一路不停地淌水。松掉的鞋底有节奏地拍打着地面。他冲着第二大街的方向爬上坡,走进高大木栅栏围起的一扇大门,就此消失不见,等到黄昏才会再次出现。街上还在睡觉的人们听见他鞋底拍打地面的声音,会短暂地醒来片刻。这样的行为模式已经持续了好多年,但至今都没人能习惯他的存在。有些人认为他是上帝,有些老人认为他是死神,孩子们则觉得他是个非常滑稽的中国老头。在孩子们眼里,所有老而奇特的事物都很滑稽。但孩子们并没有捉弄他,也不会冲他喊叫,因为老头的气质让人望而生畏。

只有一个男孩有胆子挑衅老头。他叫安迪,来自塞利纳斯,又勇敢又英俊。安迪到蒙特利来度假,一看见老头就下决心要冲他喊叫,不为别的,只为维护自尊。但就连勇敢的安迪也感到了那股让人生畏的气氛。一连好几个傍晚,安迪注视着老头缓缓走过,责任和恐惧在心中交战。最后安迪终于鼓起勇气,傍晚时跟在老头后面大步前进,用高亢的假音唱道:"中国佬坐在铁轨上——白人老爷砍掉了他的尾巴。"

老头站住脚,转过身。安迪也站住了。那双深陷的棕色眼睛盯着安迪,满布细纹的嘴唇动了动。接下来发生的事让安迪无法解释,也无法忘怀。那双眼睛不断扩大,直到中国老头不复存在。剩下的只有一只独眼——一只巨大的棕色眼睛,和教堂的大门一样大。安迪望进那扇闪亮透明的棕色门扉，看见了一片孤独的乡村景色。面前的平原向远方延伸了好几里地，尽头是一排高耸入云的山峰，形状有的像牛，有的像狗头，有的像帐篷，有的像蘑菇。平原上长着触感粗糙的矮草，四处零散分布着几座坟头。每座坟头上都有一只土拨鼠似的小动物。这片风景冰冷、孤独又绝望，安迪忍不住呻吟起来，因为这里一个人都没有，只剩下他自己。他紧紧闭起眼睛，不想再看那样的景色。等他再次睁开眼睛，他还是好好地站在罐头厂街上，而中国老头正拖着松掉的鞋底走进西部生物实验室和赫迪昂多罐头厂之间的小巷。安迪是唯一敢于挑战老头的男孩，他之后再也没有这么做过。

5

西部生物实验室位于街道对面，正对着空地。李忠的杂货店在实验室斜右方，朵拉的熊旗餐厅则在斜左方。西部生物实验室做的生意奇特又美丽。这里出售各种可爱的海洋生物：海绵，海鞘，海葵，海星和海盘车，双壳贝，藤壶，蠕虫和贝壳，丰富多彩、形态多端的小兄弟们，灵活扭动的海洋之花，裸鳃亚目和侧腔目生物，多刺、多节、多针的海胆，螃蟹，小小的海马，鼓虾，透明到几乎没有影子的幽灵虾。西部生物实验室同样出售昆虫、蜗牛和蜘蛛，响尾蛇和老鼠，蜜蜂和希腊毒蜥。这一切都可以在实验室买到。除此之外，还有一些未能出生的人类胚胎，有些完整，有些切成薄片，做成了显微镜载片。还有用于教学的鲨鱼标本，血液全部抽干，静脉和动脉里分别注入了黄色和蓝色的染料，用一把解剖刀就可以轻松指出不同的血液系统结构。同样用颜料区分了静动脉的还有猫和青蛙。你可以在西部生物实验室订购任何生物的活体标本，最后总能称心如意，区别只在于所需时间的长短。

实验室是座低矮的建筑，就在街道边上。地下室当成了储藏室，里面的货架一直顶到天花板，上面摆满了保存动物标本的玻璃罐。地下室里还有一个水槽，有用来制作并注射防腐剂的各种设备。如果你穿过后院，走过架在海水上的木板，走进一间带顶棚的小屋，你就会看到更大型的动物标本：鲨鱼，鳐鱼，章鱼，分别装在各自的混凝土水槽里。从街道可以上楼梯直接进入前门，办公室里的桌子上堆满了没打开的信，旁边是文件柜，还有一个开着门的保险箱。有一次，保险箱无意中锁上了，没人知道密码是多少，里面放了打开的沙丁鱼罐头和一块洛克福奶酪。锁匠还没来得及把密码送过来，保险箱里就已经炸了锅。就这样，医生想出了报复银行的绝佳办法——如果有人想这么做的话。"租个保险箱，"他说，"往里放条新鲜鲑鱼，再静等六个月就行了。"出过这事之后，谁也不能再往保险箱里放食物了，它一直摆在文件柜里。办公室有间屋子，里面的玻璃水缸养着许多动物。除此之外，屋里还有显微镜和载玻片，几座药品柜，装着实验玻璃器皿的箱子，工作台，小型马达，化学制品。这间屋子总是传出各种气味——福尔马林，干燥的海星，海水和薄荷脑，羧酸和乙酸，棕色包装纸、稻草和绳索，氯仿和醚酸，发动机散发出的臭氧，显微镜里的精钢和稀释润滑油，橡胶油和橡皮管，晾晒中的羊毛袜和皮靴。响尾蛇发出呛鼻的臭气，老鼠带来了吓人的霉味。落潮时，后门外传来海带和藤壶的气息，涨潮时则是海水的盐味。

办公室左侧有扇门，里面是图书馆。墙边成排的书架一直高到天花板，宣传页和小册子成箱堆着。架上的书五花八门，有词典，百科大全，诗集，剧本。墙边有座巨大的唱片机，机身旁摞着上百张唱片。窗下是张红木床，墙上和书架上贴着许多画，有杜米埃、格雷厄姆、提香、达·芬奇和毕加索，达利和乔治·格罗兹，都贴在与视线水平的高度上，方便想看的人观赏。这房间不大，却摆了椅子、长凳和一张床，曾经一次挤下过四十个人。

这间图书馆暨音乐室后面是厨房。狭窄的空间里摆着煤气炉、烧水壶和水池。办公室的文件柜里摆了些食物，但碗碟、烹调用的油和蔬菜都归置在厨房，摆在装了玻璃门的分层书架上。没人要求这么做，只是自然而然就这样了。厨房的天花板上挂着成条的培根、萨拉米香肠和墨海参。厨房后面是厕所和淋浴间。厕所马桶漏水长达五年，最后有位智慧而英俊的宾客用口香糖修好了它。

医生是西部生物实验室的房主兼老板。他个头不大，这蒙骗了很多人——他其实结实而健壮，脾气上来时凶猛吓人。他脸上留着胡子，长相一半是耶稣，一半是萨提。[1]他的脸坦诚了一切。他说他帮助过许多女孩，让她们从麻烦中脱身，又陷入另一种麻

---

[1] 半人半兽的森林之神。

烦。医生的双手和脑外科医生一样精准，头脑冷静又友善。他开车时会冲路边的野狗摘帽致意，狗也会抬头冲他微笑。如果有必要，他可以杀死任何生物，但他从来不会为了享乐而伤害任何人的感受。他有一件最恐惧的事，那就是头顶被雨打湿，所以他总是不分春夏秋冬地戴着雨帽。他可以走进海边的潮池，即便海水越过胸口也泰然处之，但只要有一滴雨落在他头上，他就会陷入恐慌。

在几年的时间里，医生逐渐在罐头厂街扎了根，融入的程度连他自己也没有想到。他成为了这里哲学、科学和艺术的源泉。在他的实验室里，朵拉店里的姑娘们第一次听到了平歌和格里高利圣咏。李忠听到了英文的李白诗朗诵。画家亨利首次听到《亡灵书》，感动得换了创作媒介。他本来一直用胶水、铁锈和染了色的鸡毛作画，在那之后的四幅作品则只用了各种坚果壳。医生会耐心地聆听各种胡言乱语，再将其转化为智慧。他的头脑开阔得没有地平线，同情心纯粹得毫无波折。他愿意和儿童交谈，讲一些深刻的道理，再解释给他们听。他生活在充满奇迹与刺激的世界里，和兔子一样好色，为人无比温柔。认识他的人全都受过他的恩惠。一想到他，所有人都会自然而然地产生这样的念头："我一定得为医生做点儿什么。"

6

医生在半岛尖端的大潮池里收集海洋生物标本。这是个无比美妙的地方：涨潮时，潮水在这片洼地里搅出奶油色的浪花，海浪从礁石上的鸣哨浮标一路卷入，最终拍打在海岸上。落潮时，这片水域变得安静迷人。海水清澈见底，海底生机盎然，动物都忙着争斗，觅食，繁衍。螃蟹在摇晃的海藻间匆匆奔走。海星蹲坐在贻贝和笠贝上，用成千上万的小吸盘以惊人的力量耐心拉扯，直到猎物从石头上掉下来，然后再把胃伸出体外，裹住得手的食物。裸鳃类动物身上满布斑点，橘黄色的表皮凹凸不平。它们优雅地从岩石上滑过，柔软的边缘如西班牙舞者的裙摆般翩翩飞舞。黑色鳗鱼从石缝间探出头来，等待猎物的光临。鼓虾不停开闭大螯，发出响亮的击打声。水面给这个五彩缤纷的迷人世界盖上了一层玻璃罩。寄居蟹在海底的沙滩上四处奔走，像是激动的小孩。有一只找到了心仪的空蜗牛壳，从自己的老窝里爬了出来，柔软的身体一下子暴露在所有天敌眼前。它很快就爬进了新壳里。波浪撞上潮池的边界，玻璃般清澈的池水一阵翻腾，搅出阵阵气泡，但不久又平静下来，澄净、美丽而充满危险。螃蟹扯掉了兄弟的一条腿。海葵像是柔软而鲜艳的花朵，向外伸展着触手，邀请疲惫困惑的动物到自己的怀抱中来小憩片刻。如果有小螃蟹或别的小动物好奇心起，接受了绿紫相间的邀请，海葵就会猛然合上花瓣般的身体，刺细胞将细小的麻醉针刺入猎物体内，使其虚弱而昏昏欲睡，直到腐蚀性的消化液将其融化干净。

　　蠕动的凶手偷偷爬了出来——章鱼的动作缓慢而柔软，仿佛一片灰色的迷雾，伪装成一丛海草、一块岩石、一摊腐肉，而那如山羊一般的邪恶双眼一直冷酷地观察着四周。它飘荡着游向一只忙于进食的螃蟹，黄色的眼睛发着光，身体在伺机而动的暴怒中逐渐变成了粉红色。突然，它用触角末端推动岩石向前冲刺，动作和捕猎的猫一样凶猛。就这样，它狠狠扑向螃蟹，一股黑色液体喷了出来。在液体乌云的掩护下，章鱼和螃蟹纠缠在一起，最终以前者成功杀死后者而告终。在露出水面的岩石上，藤壶在各自封闭的门后吐着泡泡，笠贝的身体渐渐干涸。黑色的苍蝇成群飞来，在岩石上找到什么就吃什么。空中蔓延着各种气味：藻类刺鼻的碘味，岩石的石灰味，浓厚的蛋白质味，精子和卵子的独特气味。在裸露的岩石上，海星从触手之间放出精子和卵子。生命与富饶，死亡与消化，腐烂与诞生，这些气味都沉沉地挂在空中。潮池的边缘飘来阵阵带着咸味的水珠，大海积蓄着力量，等待下一次进入大潮池的时机来临。鸣哨浮标在礁石上呼呼作响，像头悲哀而耐心的牛。

医生和海瑟在潮池里一起工作。海瑟平时和麦克他们一起住在宫殿旅舍。他的名字完全是个意外，和他之后的人生一样充满偶然。他的母亲在八年里连续生了七个孩子，整日忧心忡忡。海瑟是最小的一个。他刚出生时，母亲把他的性别弄混了。她整日为七个孩子和他们父亲的衣食操劳，实在太过疲惫。为了挣钱，她想尽了各种办法——扎纸花，在家种蘑菇，养兔子剥皮吃肉。她的丈夫总是坐在一张帆布椅上，提供的帮助最多也就是口头上的建议和批评。母亲有个名叫海瑟的姑婆，大家都说她给自己买了人寿保险。就这样，还没等母亲想明白海瑟是个男孩，这名字就已经定了下来；等她意识到错误，她也已经习惯了这个名字，再也没费心去更改。海瑟长大了，在语法学校里上了四年，又在工读学校里上了四年，什么东西也没有学到。工读学校本该教会他如何变得恶毒，教他如何犯罪，但海瑟没有好好听课。从工读学校毕业时，他依然一派天真，恶毒在他看来就像分数和长除法一样陌生。海瑟特别喜欢听别人聊天，但他听的不是具体的内容，只是音调和语气。他也会不时问两个问题，但不是为了寻求答案，只是为了推动谈话的进行。现在他二十六岁了，一头黑发，性格很好相处，身体强壮，温顺而忠诚。他经常和医生一起采集标本，一旦弄懂具体要求，就成了这一行的一把好手。他的手指可以像章鱼一样动得悄无声息，抓取的方式和海葵一样轻柔坚决。在滑溜溜的岩石上，他站得十分稳当。他也喜欢整个猎捕的过程。工作时，医生戴着雨帽、穿着橡胶高靴，而海瑟只穿了牛仔裤和网球鞋。两人正在捕捉海星，医生接到了三百只的订单。

海瑟从池底捡起一只色彩鲜艳的紫色海星，丢进将近装满的麻袋。"不知道他们要了有什么用。"他说。

"他们要了什么？"医生问。

"海星啊，"海瑟说，"你卖的海星，寄一大桶过去。他们用来做什么？海星又不能吃。"

"用来研究。"医生耐心地说。在此之前，海瑟已经把同样的问题问过了十几次，医生也都一一回答了。医生有个无法摆脱的思维惯式：只要有人问问题，医生就认为他是想知道答案。医生自己就是这样。如果他并不在乎答案，那他根本就不会提问。他无法想象一个不需要答案的问题。但海瑟想要的只是谈话本身。他可以熟练地提问，再用得到的答案进行下一次提问。这样可以让对话持续不断地进行下去。

"有什么可研究的？"海瑟说，"海星嘛，到处都是，随便抓抓就有上百万只。"

"海星是种复杂有趣的动物，"医生辩解似的说，"而且要送的大学很多，从中西到西北都有。"

海瑟使用了他熟练的谈话技巧。"他们那儿没有海星？"

"他们那儿没有大海。"医生说。

"哦！"海瑟说。他恐慌地寻找着下一个可以悬挂问题的楔子。他讨厌让谈话就这么停下来。他的头脑不够快。当他还在苦苦寻找的时候，医生主动提出了一个问题。海瑟讨厌这样，因为这就意味着他要在头脑里搜寻答案。在海瑟的头脑里搜寻东西，无异于在废弃的博物馆里四处闲逛。海瑟的头脑里充满了没有整理归类的展品。他从来不会遗忘任何事，只是懒得整理自己的记忆罢了。所有东西都乱扔一气，像是划艇船底堆积的渔具，鱼钩、铅锤、鱼线、鱼饵和鱼叉都纠缠在一起。

医生问的是："宫殿里住得怎么样？"

海瑟伸手捋过黑发，在头脑的杂物堆中眯眼细看。"还不错，"他说，"盖伊那家伙可能会搬进去和我们一起住。他老婆把他打得挺惨的。要是盖伊醒着的时候，他倒也无所谓，但他老婆会等他睡着了再打。盖伊讨厌那样。他只能醒过来揍老婆一顿，然后等他睡着了，老婆又会打他。他根本没法休息，所以要搬来和我们住。"

"这倒是件新鲜事，"医生说，"他老婆以前只会申请逮捕令，让盖伊去坐牢。"

"是啊！"海瑟说，"但那时候，塞利纳斯的新监狱还没造好呢。以前关上三十天，盖伊就受不了要出来了。但新监狱不一样——有广播听，床也结实，警长是个好人。盖伊进去就不想出来了。他太喜欢那儿了，他老婆都不愿意让他去坐牢了。所以她就趁盖伊睡着的时候打他。盖伊说那太让人精神崩溃了。你也清楚，盖伊其实根本不喜欢打老婆，他那么做只是为了维护尊严。但他受不了了。我看他是要搬来和我们住了。"

医生站起身来。潮水开始拍打大潮池的边缘，海水逐渐涌入，在岩石上形成一条条河流。从鸣哨浮标的方向吹来阵阵新鲜的海风，海角转弯处传来海狮群的吼叫。医生把雨帽往后推了推。"海星够多了。"他说。然后又继续说："听着，海瑟，我知道你袋子底下装了六七只不到尺寸的鲍鱼。如果有狩猎监督官叫住我们，你就会说鲍鱼都是我的，是我让你采的——没错吧？"

"嗯——见鬼。"海瑟说。

"听着，"医生和蔼地说，"假设我接到了采集鲍鱼的订单，而狩猎监督官觉得我使用采集许可证的次数太频繁了。或者他觉得我采鲍鱼是为了吃。"

"嗯——见鬼。"海瑟说。

"这就像工业酒精协会一样，他们的疑心都很重。他们老是觉得我要酒精是为了自己喝。他们总是怀疑所有人。"

"呃,你没喝吗?"

"喝得不多,"医生说,"他们给的酒味道糟透了,要重新蒸馏可费劲了。"

"也没那么糟吧,"海瑟说,"我和麦克那天尝了一口。他们给的是什么酒啊?"

医生刚要回答,突然意识到这又是海瑟的谈话技巧。"我们走吧。"他说,把自己的麻袋扛到肩上。他已经忘记了海瑟袋子里的非法鲍鱼。

海瑟跟着他走出潮池,沿着湿滑的小道往上爬,回到了干燥的土地上。一路上,小螃蟹在他们脚下四处逃窜。海瑟觉得应该在鲍鱼话题的坟墓上再添把土。

"那个画家回到宫殿里来了。"他说。

"哦?"医生说。

"嗯!是这样的,他用鸡毛给我们弄了几幅画,现在他说得用坚果壳重新再弄一遍。他说他换了——换了什么媒——媒介。"

医生吃吃地笑了起来。"他还在造船吗?"

"造着呢,"海瑟说,"样子全变掉了,变成了一种新船。我看他会把那东西拆了再改。医生——他是不是个疯子?"

医生把装满了海星的袋子掀翻在地,气喘吁吁地站了一会儿。"疯子?"他问,"哦,嗯,我想是的。和我们一样疯,只不过疯的方式不一样。"

海瑟从来没这么想过。他认为自己是水晶般毫无杂质的清澈湖泊，他的生活则是一只混浊的玻璃杯，充满了不被人理解的美好品德。医生的最后这句话让他有点儿生气。"可那艘船——"他大声抗议，"就我知道的，他都建了七年了。之前的砖烂了，他又用混凝土做了砖。每次快要完成了，他又变了主意，拆掉重做。我觉得他疯了。七年建一条船。"

医生坐在地上，脱下橡胶长靴。"你不明白，"他温和地说，"亨利喜欢船，但他害怕大海。"

"那他要船干吗？"海瑟反问道。

"他喜欢船，"医生说，"试想一下，如果他把船造好了，大家就会问，'你干吗不让船下水？'如果让船下了水，他就得划着船出海，但他讨厌下海。所以，他永远也不会把船造好，这样就永远也不必让船下海了。"

海瑟跟着医生的话听了一半，没到最后就放弃了理解，并且开始寻找新的话题。"我觉得他疯了。"他不太确定地说。

在种植水稻的黑土地上，成百只黑色的臭虫爬来爬去，许多都把尾巴高高地向上翘起。"看那些臭虫。"海瑟说，为臭虫带来新话题而心存感激。

"它们很有意思。"医生说。

"嗯，它们为什么要把屁股撅到天上？"

医生卷好羊毛袜，塞进橡胶长靴里，又从口袋里拿出干燥的新袜子和一双薄鹿皮鞋。"我不知道为什么，"他说，"最近我刚查过——这是种非常常见的动物，经常把尾巴翘起来。但没有一本书提到它们会翘尾巴，更不用说为什么了。"

海瑟用潮湿的网球鞋冲臭虫踢了一脚,让它翻了个个。闪亮的黑色甲虫奋力踢腿,想要翻回身来。"嗯,那你觉得是为什么?"

"我觉得它们在祈祷。"医生说。

"什么!"海瑟震惊不已。

"真正了不起的,"医生说,"不是它们会把尾巴翘起来——真正了不起的是我们觉得这件事很了不起。我们只能将自身视作标尺。如果我们做出这样无法解释的奇特行为,我们很有可能是在祈祷——所以也许它们也是在祈祷。"

"咱们赶紧走吧。"海瑟说。

7

宫殿旅舍并不是一眨眼就完成的。的确,当麦克、海瑟、艾迪和修伊刚搬进去的时候,他们不过是把这地方当成一个遮风挡雨的庇护所。当平时还算欢迎他们的人因为太频繁的光顾而没了耐心、所有大门都已关上,这里是他们唯一的去处。那时候的宫殿还不过是一间空荡荡的狭长房屋,仅有墙上的两扇小窗提供光线,没上过漆的木墙散发出强烈的鱼粉气味。那时候,他们对这地方毫无感情。但麦克很清楚组织的必要性,特别是对这样一群如饥似渴的个人主义者而言。

如果军队需要培训,条件又不允许他们拥有枪支、弹炮和坦克,他们会用玩具枪和迷彩卡车模拟出毁灭性的武装阵容,士兵则把木材架在轮子上,以习惯野战炮的使用,在这样的训练中逐渐强壮。

麦克用粉笔在地板上画了五个长七英尺、宽四英尺的长方形，在每个长方形里写了个人名。这就是大家的模拟床铺。每个人在自己的地盘里都享有不可侵犯的财产权，如果有人前来侵占，他有足够的正当理由与之一战。屋子里其余的地方都是公共地盘。就这样，在麦克一伙住进宫殿旅舍的最初几天里，他们蹲坐在地上打牌，睡觉时直接躺在硬地板上。要不是天气的急剧变化，他们也许会一直这样住下去。但随后雨就以前所未见的规模下了起来，足足下了一个多月。男人们困在房子里足不出户，逐渐厌倦了老是蹲坐在地上，也看腻了光秃秃的木板条。这座为他们遮风避雨的房屋逐渐变得可亲可爱，何况从来没有勃然大怒的房东破门而入。李忠从来不接近这里。某个下午，修伊扛了张行军床回来，上面的帆布扯破了。他花了两个小时，用鱼线补好了缺口。那天晚上，其他人躺在各自的长方形地面上，看着修伊舒舒服服地躺倒在行军床上——他满意地深深叹了口气，率先第一个睡着了，还打起了呼噜。

第二天，麦克扛着从废铁堆里找到的一套生锈弹簧，气喘吁吁地爬上了山。安于现状的平衡就这样打破了。男人们争先恐后地找来各种东西填充宫殿旅舍，以至于没过几个月，这地方就变得过于拥挤。地板上铺了旧地毯，室内四处摆着椅子，有的完好，有的缺了座板。麦克弄来了一张鲜红色的柳条睡椅。屋里有好几张餐桌，有一座没有钟表盘、也没有齿轮的老爷钟。墙面上了一层白漆，让整个地方显得明亮通畅。四处挂起了照片，大多数都是从月历上撕下来的，印着举着可乐、长相甜美的金发女郎。亨利捐出了他在鸡毛时期的两幅作品。屋里一角摆了一把镀金香蒲，老爷钟旁边的墙上钉了一捆孔雀羽毛。

他们用了不少时间寻找火炉，最后找到了合心的目标：一座镀着涡卷形银边的大家伙，烤箱上刻着花朵形的图案，炉子正面看上去像是镍质的郁金香花园。但这火炉入手有难度。它太大了，不好偷，主人又不肯主动馈赠，尽管麦克编造出了一个受他照顾的带着八个孩子的病重寡妇。主人出价一元五角，过了整整三天才肯让价到八角。男人们决定成交，给对方写了张欠条，这欠条估计现在还在那个人手里。

这桩交易发生在西赛德，火炉重达三百磅。在之后十天里，麦克和修伊想尽了一切可能的运输方法，最后终于意识到没有别人能帮他们把这炉子弄回家去，这才开始自己搬。他们足足搬了三天，才带着火炉回到了五英里开外的罐头厂街，晚上就睡在炉子边上。火炉在宫殿旅舍安了家，瞬间成为了荣耀与温暖的中心，镍质的花朵和枝叶闪耀着开心的光芒。炉子本身就是宫殿的一颗金牙。一旦生起火，它足以温暖整个硕大的房间。烤箱也美妙极了，他们可以在闪亮的黑色炉盖上煎鸡蛋。

火炉带来了自豪感，自豪感把宫殿变成了家。艾迪在门前种了牵牛花，让藤蔓覆盖住门脸。海瑟搞到了一丛相当罕有的晚樱，种在五加仑的汽油罐里，把门廊挤得满满当当，装饰得相当正式。麦克这群人非常喜欢宫殿，甚至偶尔会动手打扫。他们在心中暗自嘲笑居无定所的流浪汉，有时出于自豪感还会带客人回来住上一两天。

艾迪是拉·易达的替补调酒师。如果常驻调酒师怀迪病了，他就去顶班，而怀迪总把生病的次数控制在刚好不会被开除的边缘。每次艾迪上完班，酒吧里就会少掉几瓶酒，所以他也不能去得太频繁。但怀迪很乐意让艾迪顶班，因为他深信艾迪无意彻底取代自己。他想的没错。在这点上，几乎所有人都信得过艾迪。艾迪也用不着拿太多瓶酒。他会在吧台底下放只一加仑的杯子，杯口上架了漏斗。只要客人留下的杯中有剩酒，艾迪就会把酒灌进漏斗里，再把杯子拿去洗。如果拉·易达爆发了争吵或响起音乐，或是到了深夜时分，亲密气氛也差不多到了尽头，艾迪会把还有半杯甚至是三分之二的剩酒往漏斗里倒。他带回宫殿的混合饮料总是味道独特，有时还会吓人一跳。麦酒、啤酒、波旁酒、苏格兰威士忌、红酒、朗姆酒和琴酒是最常见的成分，但偶尔还会有筋疲力尽的客人点上一杯史丁格鸡尾酒、茴香酒或是柑香酒，给最后的混合品增添别样的个性。艾迪习惯在走前再往杯子里加点儿安哥斯图娜苦酒。运气好的时候，这样的混合酒能攒到四分之三加仑。这么做不会给任何人带来损失，这也是艾迪引以为豪的一点。他在观察中发现，只要一个人存心想醉，那他喝半杯和喝一整杯也没什么太大区别。

艾迪是宫殿旅舍里最受欢迎的成员。其他人从来不叫他帮忙打扫，海瑟还曾经给他洗过四双袜子。

就在海瑟和医生去大潮池采集标本的这个下午，男人们坐在宫殿里，小口呷着艾迪前一晚带回来的饮品。最新加入的盖伊也在。艾迪沉思着喝了一口,咂砸嘴。"真是说不好哪种酒什么时候卖得火,"他说,"就像昨晚,至少有十个人点了曼哈顿鸡尾酒。有时候一个月里也就卖个两杯。那味道是因为里面有石榴糖浆。"

麦克喝了一大口,又给自己倒了一杯。"是啊,"他严肃地说,"细节决定成败。"他环顾四周,想看看大家喝得怎么样了。

只有盖伊显出了醉意。"当然,"他说,"是不是——"

"海瑟去哪儿了?"麦克问。

琼斯说:"海瑟跟医生去抓海星了。"

麦克严肃地点点头。"医生可真是个好人,"他说,"不管什么时候,他都会掏出两角五的硬币给你。我划伤自己的时候,他每天都给我换绷带。真是个好人。"

其他人都赞同地点着头。

"我想了很久了,"麦克继续说,"我们能帮他干点儿什么呢——应该给他搞点儿好东西。他喜欢的东西。"

"他喜欢女人。"修伊说。

"他已经有三四个女人了,"琼斯说,"可明显了——他会把前面的窗帘拉上,用留声机放那种教堂音乐。"

麦克责备地对修伊说:"他只是不会大白天在街上追赶光着身子的女人,你就以为他是个夜光棍。"

"夜光棍是什么意思?"艾迪问。

"夜里没有女人。"麦克说。

"我还以为是夜里会发光的棍子,像聚会上用的那种。"琼斯说。

房间里一片沉默。麦克在睡椅上挪了挪身子，修伊让椅子的前腿落了地。他们盯着虚空沉默了一会儿，然后其他人都望向麦克。麦克说："唔！"

艾迪说："你觉得医生喜欢什么样的聚会？"

"还有其他样子的？"琼斯说。

麦克思索道："医生不会喜欢这酒杯里的东西。"

"你怎么知道？"修伊反问，"你又没请他喝过。"

"哦，我很确定，"麦克说，"他上过大学。我曾见过一个穿着毛皮大衣的女人进他那儿，之后就没再出来。我最后一次往那儿看是半夜两点——他一直放着教堂音乐呢。不，你不能请他喝这个。"他又给自己倒了一杯。

"喝到第四杯，这味道就变得相当不错了。"修伊坚持。

"不，"麦克说，"医生不行。给他喝的至少也得是威士忌——真的那种。"

"他喜欢喝啤酒，"琼斯说，"他老是去李忠那儿买啤酒——有时候半夜还去。"

麦克说："我觉得啤酒这东西水分太多了。比如八度的啤酒——干吗要花钱买上百分之九十二的水、染料和啤酒花那堆东西？艾迪。"他补充道："下次怀迪再生病，你能不能从拉·易达搞来四五瓶威士忌？"

"没问题，"艾迪说，"我能搞来，但也就到此为止——以后再也没金蛋拿了。我觉得乔尼早就怀疑我了。有一天他说，'我好像闻见了老鼠的味道，它的名字叫艾迪。'最近我得低调点儿，只能带这么一杯回来。"

"对!"琼斯说,"你可别丢了这份工作。如果怀迪出了什么事,你可以去顶上一两周,等他们再找新人。要给医生办聚会的话,只能花钱去买威士忌了。威士忌一加仑多少钱?"

"不知道,"修伊说,"我最多买个半品脱——每次的量。如果买四分之一品脱,那你马上就有朋友了。但如果买半品脱,你就可以在这儿先喝一点儿——在其他人过来之前。"

"给医生组织聚会要花钱,"麦克说,"如果要给他办,那就得好好办一场。应该有个大蛋糕。不知道他什么时候过生日?"

"不一定非得过生日才能聚会。"琼斯说。

"是不一定——但如果是生日,那就更好了,"麦克说,"要想给医生办聚会,又不让自己丢脸,我想大概要十块十二块的吧。"

他们互相疑问地对望。修伊提议:"赫迪昂多在招人。"

"不行,"麦克瞬间否决,"我们有不错的名声,可别搞砸了。有工作的时候,我们就去做上一个月。这就是为什么我们想要工作的时候总能找到。如果我们去了只做一两天——那我们坚持肯干的名声可就毁了。回头再想工作,也没人会雇我们了。"

"我可以工作一两个月——十一月和十二月前半个月,"琼斯说,"这样就有钱过圣诞节了。今年可以烤只火鸡。"

"老天爷,完全可以,"麦克说,"我知道在卡梅尔谷有个地方,每群火鸡至少有一千五百只。"

"山谷里啊,"修伊说,"你也知道,我以前去山谷里给医生抓过东西,乌龟啊,小龙虾啊,青蛙啊。青蛙一只值五美分呢。"

"我也去过，"盖伊说，"一次抓了五百只青蛙。"

"如果医生需要青蛙，那可是个好机会，"麦克说，"我们可以沿卡梅尔湖上去，悄悄开个小差，不告诉医生是为了什么，然后给他大办一场。"

宫殿旅舍里蔓延着一股安静的兴奋情绪。"盖伊，"麦克说，"到门外去，看看医生的车在不在他门口。"

盖伊放下杯子，向外张望。"不在。"他说。

"嗯，他应该很快就回来了，"麦克说，"我们应该这么干……"

8

一九三二年四月，赫迪昂多罐头厂的锅炉在两周内第三次炸了管道。包括兰道夫先生和一名速记员在内的董事会决定，比起这么经常地停工，还是买个新锅炉更为划算。新锅炉很快到了，废弃的老锅炉转移到了李忠杂货店和熊旗餐厅之间的空地上，堆在杂物上等待着兰道夫先生想出什么好主意，用它再赚一笔。厂里的设备工程师逐渐拆去了上面的管道零件，对赫迪昂多的其他老旧设备进行了修理。老锅炉看起来像是没了轮子的老爷车，鼻部中央有扇大门，此外还有扇位置低矮的炉门。它慢慢因生锈而柔软变红，周围长满了锦葵，从炉上掉下的锈屑也为杂草提供了养料。桃金娘攀在炉身上开了花，野茴香的气味在空中弥漫。有人扔了曼陀罗根在旁边，长出一棵丰满厚实的树，铃铛状的大白花垂在锅炉门前，夜里散发出爱与激情的芳香，甜美而惹人动情。

一九三五年,萨姆·马洛伊夫妇住进了锅炉里。这时所有管道都拆光了,锅炉变成了一间宽敞而干燥的安全住房。要从炉门进来,你确实得手脚并用地往里爬,但只要爬到炉子中间,你就有地方抬头了。没有比这更干燥、更温暖的地方了。两人从炉门塞进一张床垫,就这么住了下去。马洛伊先生总是快乐而满足。在很长一段时间里,马洛伊太太也一样。

锅炉扔在山头上,下方则是同样被赫迪昂多废弃的一些大型管道。在一九三七年底,渔船大获丰收,几家罐头厂都在全力运转,造成了工人住所的短缺。马洛伊先生出面将一些体积相对较大的管道作为宿舍租给了单身男性工人,租金相当便宜。他在管道一头贴了柏油纸,另一头挂了块地毯,将它们改造成了舒适的卧室。唯一的不便是不能蜷起身来睡觉,有这种习惯的人要么自我纠正,要么只能搬走。还有人抱怨说他们的鼾声会从管道上反弹回来,把自己吵醒。总体而言,马洛伊先生的小生意做得很安稳,他也十分满足。

马洛伊太太一开始也同样满足,但当她丈夫当上了房东,她就开始变了。先是一条挂毯,然后是洗脸池和用彩色丝绸做罩的台灯。最后有一天,她手脚并用地爬进锅炉里,站起身,有点儿上气不接下气地说:"霍尔曼店里的窗帘在打折。真正的蕾丝窗帘,边缘是蓝色和粉色的——只要一块九角八,还送窗帘杆。"

马洛伊先生在床垫上坐起身来。"窗帘?"他质问道,"看在老天分上,你要窗帘干吗用?"

"我喜欢把家里装饰得好一点儿，"马洛伊太太说，"我一直都喜欢为你把家里搞好一点儿。"她的嘴唇开始颤抖。

"可是，亲爱的，"萨姆·马洛伊低喊，"我不是对窗帘有什么意见。我喜欢窗帘。"

"只要一块九角八，"马洛伊太太颤声说，"你连一块九角八都不舍得给我。"她吸了吸鼻子，胸口上下起伏。

"我不是不舍得给你，"马洛伊先生说，"可是，亲爱的——看在上帝分上，我们要窗帘干吗用？这里又没窗户。"

马洛伊太太哭了起来，不停地哭个没完。萨姆把她搂进怀里，努力安慰她。

"男人就是不懂女人的心，"她抽泣着说，"男人从来也不肯从女人的视角考虑问题。"

萨姆躺在她身边，揉着她的后背。过了很久她才睡着。

9

医生的车开回了实验室。麦克一伙偷偷张望着，看到海瑟帮医生把成袋的海星扛进屋里。过了几分钟，海瑟全身湿答答地走上鸡肠小道，走回了宫殿。他的裤子浸满海水，一直湿到大腿，晾干的地方已经出现了白色的盐渍。他一屁股坐到属于他的专利摇椅里，脱掉了湿乎乎的网球鞋。

麦克问道："医生怎么样？"

"还行，"海瑟说，"他说的话让人根本听不懂。知道他怎么说臭虫吗？不——还是不告诉你们的好。"

"他心情好吗，和气吗？"麦克问。

"嗯，"海瑟说，"我们抓了两三百只海星。他心情还行。"

"我们用不用都过去？"麦克自言自语，随即自己回答了，"不，我想还是一个人过去的好。要是我们都去，他可能会莫名其妙。"

"怎么个意思？"海瑟问。

"我们有个计划，"麦克说，"我自己过去，免得吓着他。你们在这儿等着。我过几分钟就回来。"

麦克出了门，摇晃着走下鸡肠小道，过了铁轨。马洛伊先生正坐在锅炉门口的一块砖上。

"你还好吗，萨姆？"麦克问。

"挺好的。"

"你太太呢？"

"挺好的，"马洛伊说，"你知道什么胶水能把布粘到铁上吗？"

一般情况下，麦克会一头扎进这个问题里，但他现在不能分心。"不知道。"他说。

他穿过空地，过了街，走进了实验室的地下室。

医生把雨帽摘了下来。在这里，他不用担心头顶变湿，除非管道爆裂。他正忙着从湿麻袋里掏出海星，在冰凉的混凝土地板上整理排序。海星都扭动着身体蜷成一团——海星喜欢抓住别的东西，而在过去这一个小时里，它们能抓到的东西只有彼此。医生把它们摆成长长的纵列。海星慢慢伸展开来，最后在地板上变成左右对称的星星。医生专注地工作，棕色的胡须上满是汗水。麦克进门的时候，他有点儿紧张地抬起了头。麦克倒不一定会带来麻烦，但他总会带来点儿什么。

"你好吗，医生？"麦克说。

"还好。"医生不安地说。

"听说熊旗那位菲莉斯·梅的事了吗？她揍了一个醉汉，对方的假牙刺进了她的拳头，现在一路感染到她胳膊肘了。她给我看了看那颗假牙，上面的镀金掉了。假牙有毒吗，医生？"

"我想从人嘴里出来的东西都有毒，"医生用警告的口气说，"她去看医生了吗？"

"保镖给她包扎过了。"麦克说。

"我回头给她拿点儿磺胺。"医生说，等待着风暴的降临。他知道麦克上门自有目的，麦克也知道他知道。

麦克说："医生，你现在还需要别的什么动物吗？"

医生如释重负地叹了口气。"怎么了？"他谨慎地说。

麦克摆出一副吐露秘密心事的样子。"跟你说，医生。我和那几个家伙需要钱——非要不可。是为了做好事，可以说是件有价值的好事。"

"为了菲莉斯·梅的胳膊？"

麦克意识到机会的来临，在心里权衡一番，放弃了。"呃——不是，"他说，"比那更重要。妓女都结实着呢。不——是别的事。我们是这么想的，如果你需要什么，我们可以帮你搞到，这样就能挣点儿小钱了。"

听起来简单合理。医生又摆下四只海星。"我倒是需要三四百只青蛙,"他说,"我本来要自己抓的,但今晚我要去拉荷亚。明天的潮水不错,我得去抓点儿章鱼。"

"青蛙还是老价钱?"麦克问,"一只五分钱?"

"老价钱。"医生说。

麦克十分开心。"别担心青蛙的事,医生,"他说,"你要多少我们就给你抓多少。你就不用想着青蛙了。我们可以去卡梅尔河上游抓,我知道一个地方。"

"很好,"医生说,"你们抓多少我要多少,至少要三百只。"

"你就放心吧,医生。不用费神了。青蛙很快就到,七八百只都有可能。"麦克让医生放一百个心,但随即脸上又闪过一片阴云。"医生,"他说,"有没有可能借你的车去山谷?"

"不行,"医生说,"我说过了,我今晚得开到拉荷亚去,赶明天的潮水。"

"哦,"麦克有点儿失望,"哦。嗯,别担心,医生。我们可以去借李忠的旧卡车。"他的脸色又变沉了一点儿。"医生,"他说,"做这种生意的时候,你能不能提前付个两三元,当汽油费?李忠不会免费让我们用油的。"

"不行。"医生说。他以前就这么上过当。他出钱让盖伊去抓海龟,给了两周的花销。两周后,盖伊又被他老婆告进了监狱,而且他从来没有去抓过海龟。

"哎,那我们说不定去不了。"麦克哀伤地说。

医生确实需要那些青蛙。他思考着做成生意而不是慈善事业的方法。"要不这样吧,"他说,"我给你写张条,你拿到加油站去换十加仑汽油。怎么样?"

麦克微笑起来。"好,"他说,"这就没问题了。我们明天一早就出发。等你从南边回来,你就会看到我们带回来的青蛙,包你一辈子都没见过那么多。"

医生走到写字台边,给加油站的莱德·威廉姆斯写了张字条,允许麦克去领十加仑汽油。"给你。"他说。

麦克露出满意的笑容。"医生,"他说,"你今晚好好睡觉,根本别想什么青蛙。等你回来,我们会准备好足够装满好几个便壶的青蛙。"

医生有些不安地看着他走出去。对医生而言,和麦克这伙人的交往一直都很有意思,只是对他向来没什么好处。他不无沮丧地想起麦克曾卖给他十五只公猫,结果当晚猫的主人就都找了过来,最后一只也没剩。"麦克,"当时他问,"为什么都是公猫?"

麦克说:"医生,这是我自己的发明,但你是我的好朋友,我就告诉你吧。你用很大的铁丝笼去捕猫,但里面不放诱饵,而是放——嗯——放母猫。这样能抓住全国所有的公猫。"

麦克走出实验室,穿过街道,走进了李忠杂货店晃动的纱门。李太太正用一块很大的砧板切培根。李家的某个堂兄弟梳理着有点儿蔫的生菜,就像姑娘梳理头上的小波浪卷。一只猫躺在一大堆橘子上睡觉。李忠一如既往地站在烟柜之后,酒类货架之前。麦克进门时,他的手指在零钱垫上敲打的速度变快了。

麦克没费时间绕圈子。"李,"他说,"医生有麻烦了。纽约博物馆向他订了一笔大单子，要青蛙。这对医生很重要。除了钱，还有信用的问题。医生得去南边，我们几个就说要帮他。我想做朋友就是要在人家遇到困难的时候伸手帮一把，何况是医生那样的好人。我看他每个月至少在你这儿花上六七十元吧。"

李忠沉默而谨慎。他肥胖的手指在零钱垫上几乎停下了，但还在轻轻颤动，像是紧张时的猫尾巴。

麦克直奔主题。"能不能让我们借你的旧卡车，去卡梅尔山谷帮医生抓青蛙——帮医生这个大好人？"

李忠露出胜利的微笑。"卡车不行，"他说，"坏了。"

麦克一时语塞，但随即就恢复过来。他把汽油的字条摆到烟柜上。"你瞧！"他说，"医生需要很多青蛙。他给我写了这张字条，让我领了汽油去抓青蛙。我可不能让医生失望。盖伊是个不错的修理工。如果他能修好你的卡车，你能把车借给我们吗？"

李忠仰起头来，透过半圆形镜片盯着麦克看。麦克的提议好像没有什么问题。卡车是真的没法开了。盖伊确实是个不错的修理工，汽油的字条也无疑是确凿的证据。

"你们去多久？"李忠问。

"可能半天，可能一整天，抓完青蛙就回来。"

李忠有些担忧，但他想不出别的出路。这计划可能带来各种风险，李忠也全都想得到。"好吧。"他说。

"太好了，"麦克说，"我就知道医生能指望上你。我这就叫盖伊去修车。"他转身作势要走。"对了，"他又说，"医生给我们出的价是一只青蛙五分钱。我们肯定能抓个七八百只。能不能给我打一品托老网球鞋,等我们抓完青蛙回来就给你钱?"

"不行!"李忠说。

10

弗兰基从十一岁起就开始在西部生物实验室进进出出。第一周,他只是站在地下室门外向里张望。不久之后,他站立的位置从门外挪到了门里。又过了十天,他走进了地下室。他的眼睛很大,一头黑发粗硬蓬乱,双手总是脏兮兮的。他捡起一块刨花放进垃圾桶,望向医生。医生正在给装有紫色帆水母的标本瓶贴标签。最后弗兰基走到工作台边,把肮脏的手指摆到了台面上。他用了三周时间才鼓起勇气走到这里,随时准备好夺路而逃。

又过了一阵,医生终于对他开了口。"你叫什么名字,孩子?"

"弗兰基。"

"你住在哪儿?"

"上面。"他挥手示意山上。

"你怎么没去上学?"

"我不上学。"

"为什么不上?"

"他们不要我。"

"你的手很脏。你从来不洗手吗?"

弗兰基一脸惊恐。他走到水槽边洗了手。从那之后,他几乎每天都把手搓洗得通红。

他每天都会来实验室，但和医生并不怎么交谈。医生打了个电话，证实了弗兰基的说法。学校不要他。他学不进东西，平衡感也有问题。没地方愿意收他。他不是弱智，也不危险，他的父母——也许某一方已经不在了——不愿出资将他送进精神病院。弗兰基不经常在实验室过夜，但他白天总来这里待着。有时他会蜷在刨花箱里睡觉，一般都是家里有麻烦的时候。

医生问他："你为什么总到这儿来？"

"你不打我，也不会给我硬币。"弗兰基说。

"家里人打你吗？"

"有几个叔叔老在家。有的叔叔会打我，叫我滚，有的叔叔会给我一枚硬币，叫我滚。"

"你父亲呢？"

"死了。"弗兰基语焉不详地说。

"你母亲呢？"

"和叔叔们在一起。"

医生给弗兰基剪了头发，除去了他身上的虱子。他去李忠店里给弗兰基买了一身工作服和一件条纹状的毛衣，弗兰基就成了他的奴隶。

"我爱你，"一天下午，弗兰基说，"哦，我爱你。"

他愿意在实验室工作，每天都扫地。但总有什么地方不太对。他没法把地板扫得很干净。他试着帮忙给小龙虾按大小分类。小龙虾都装在一个篮子里，各种尺寸的都有。它们应该分组装进大盘子里，一个个摆出来，三英寸的在一起，四英寸的在一起，以此类推。弗兰基分得很努力，额头上满是汗水，但他就是做不到。他没能弄懂尺寸之间的关系。

"不，"医生说，"你瞧，弗兰基。像这样把它放到你手指旁边，就知道它有多长了。看见了吗？这一只有你的指尖到大拇指跟那么长。然后你再挑一只，也能从指尖比到同样的地方，这就对了。"弗拉基试了又试，仍然做不到。医生上楼后，他爬进刨花箱里，整个下午都没再出来。

但弗兰基是个善良听话的好孩子。他学会了给医生点雪茄。他希望医生一刻不停地抽雪茄，这样他就能帮忙点火了。

弗兰基最喜欢楼上举行聚会的时候。男男女女坐在一起聊着天，巨大的留声机放着音乐，音乐在他腹中有节奏地震动，在他头脑里激起美丽宏大的模糊图像。弗兰基爱极了这样的时光。他会在墙角的椅子后面蹲下来，藏在别人看不见的地方，看着，听着。当人们因为他无法理解的笑话发出大笑，弗兰基也会在椅子后面开心地笑起来。当谈话的内容变得抽象，他也会皱起眉头，专注而严肃。

某天下午，他在渴望中做出了特别的举动。实验室里有场小型聚会，医生在厨房里倒啤酒，弗兰基突然出现在他身后。他夺过一杯啤酒，冲出厨房，递给了坐在一把大椅子里的姑娘。

姑娘接过酒，说："哦，谢谢你。"她冲弗兰基露出微笑。

医生走出厨房，说："瞧，弗兰基多能干。"

弗兰基忘不了这句话。他把这一幕在头脑里过了一遍又一遍：他端过啤酒杯，姑娘在椅子上那么坐着，她的声音——"哦，谢谢你。"然后是医生——"多能干——弗兰基多能干——弗兰基真的很能干——弗兰基。"哦，老天！

他知道实验室很快要办大型聚会了，因为医生买了牛排和好多啤酒，还叫他帮忙把楼上的房间都打扫了一遍。这本身没什么，但弗兰基想出了一个宏伟的计划。他几乎能够亲眼看见事情会如何进行。他翻来覆去地想了好几遍。他的计划很漂亮，很完美。

聚会开始了，很多人在前厅就座，有姑娘，有年轻的男男女女。

弗兰基一直等到厨房里只剩下他自己。他等了好久，才终于等到了这样的机会。他独自站在厨房里，厨房门也关好了。他能听见外面人们的交谈和留声机里传出的音乐。他的动作非常轻——先拿出托盘，再拿出玻璃杯。他一个杯子也没打碎。然后他往每个杯子里都倒了啤酒：先倒出泡沫，等泡沫稍微减少些后再把杯子倒满。

他准备好了。他深吸一口气，打开了门。音乐和交谈声扑面而来。弗兰基端起摆满啤酒杯的托盘，走出了门。他知道该怎么做。他径直走向了之前对他表示过感谢的那位姑娘。当他走到她面前，事情就这么发生了，他的平衡能力出了错，双手颤抖起来，肌肉陷入恐慌，神经不停发着信号，中转站却出了故障，没有出现该有的反应。托盘和啤酒杯一起向前翻转，跌落在姑娘腿上。弗兰基一动不动地站了片刻，然后转身拔腿就跑。

整个房间都陷入了沉默。人们听着他跑下楼，跑进地下室，听见一阵空洞的抓挠声，然后是一片寂静。

医生轻手轻脚地走下楼梯，进了地下室。弗兰基在刨花箱里，一直钻到了最底下，整个人都被刨花埋在下面。医生能听见他在里面啜泣。医生等了片刻，又轻手轻脚地上了楼。

他什么也做不了。

11

李忠的福特牌T型卡车有着辉煌的过去。一九二三年，它曾是W.T.沃特斯医生的私人轿车。他开了五年，卖给了一个叫莱托的保险推销员。莱托先生不是个细心的人。车到他手里时干净完好，他开起来却横冲直撞，每周六晚都去喝酒，把车搞得乱七八糟。保险杠断了，弯了。莱特先生总是猛踩刹车，变速带没多久就要换一次。后来他私吞了客户的钱，逃到了圣荷西，与一位高盘头的金发女郎同行时被人抓个正着，不到十天就被判入狱。

这时车身的状况实在太过凄惨，下一位主人干脆把车一切为二，并增装了小型的卡车车厢。

新主人拆掉了司机位置上的前挡板和挡风玻璃。他用这辆车运送鱿鱼，喜欢风迎面吹在脸上的感觉。他叫弗朗西斯·艾尔蒙尼斯，日子过得十分悲惨，挣到的钱总是不够涵盖自己的生活开销。他父亲留下了一点儿钱，但过了一月又一月、一年又一年，不管弗朗西斯工作得多么努力，过得多么节俭，他的钱还是变得越来越少。最后他像落叶一样枯萎掉落，被风吹走了。

作为付给杂货店的抵账，卡车到了李忠手里。

这时的卡车基本只剩下四个轮子和一台发动机。古老的发动机阴晴不定，变幻无常，需要专业的养护和照顾。李忠并没能提供这些，卡车大多数时间只能待在杂货店后面高高的杂草丛里，锦葵从辐条间冒了出来。卡车的后轮上还有完好的轮胎，前轮下面则垫着砖块。

宫殿旅舍里任何一个人都能让卡车重新发动起来——他们都具备修理工的实用技术。盖伊在其中尤为杰出。有天赋的园丁被称为"绿拇指"，修理工这行当里似乎没有同等的说法，但应该有这么个词才对。有的人只要看一看，听一听，敲一敲，稍微做些调整，机器就会照常运转。有的人只要在旁边一站，汽车就能开得更顺畅。盖伊就是这么一个人。他伸手触摸计时器或化油器调节螺钉，动作总是温柔、睿智而肯定。他可以修好实验室里精密的电子马达。如果他愿意，他完全可以在罐头厂里全职工作，因为对工厂而言，机器要比财政报告重要得多，而开厂的人总是愤愤不平地抱怨着每年的利润无法回本。说真的，如果你能用账簿来组装沙丁鱼罐头，工厂主一定会开心得要命。可惜在现实里，他们只能用苟延残喘的老旧机器，这样的机器需要盖伊这种人无微不至的照顾。

麦克一大早就叫醒了其他人。他们喝了咖啡，没耽搁就去了摆放卡车的野草地。盖伊负责发号施令。他踢了踢垫着砖块的前胎。"去借个气泵给轮胎充气。"他说。然后他把一根树枝伸到充当座位的木板下，捅进了汽油缸里。缸里的汽油奇迹般地还剩了半英寸。接下来盖伊逐一处理最常见的问题。他取出点火线圈，清洁了接头，调整好线圈间距，把它们放回原处。他打开化油器，确定汽油顺利地流了进去。他按下发动机曲柄，发现整个车轴并没僵住，但汽缸里的活塞已经开始生锈。

气泵拿来了，艾迪和琼斯轮流给车胎充了气。

盖伊边工作边哼歌："嗒嘀嘀——嗒嘀嘀。"他拔出火花塞，清洁尖端后捅掉了里面的积碳。然后他往小罐子里倒了点儿汽油，拿着罐子往每个汽缸里都浇了些油，再把火花塞安回去。他站直了身体。"需要两节干电池，"他说，"去问问李忠能不能给我们两个。"

麦克走了，没过多久就回来了。答案是不——李忠对所有后续要求的统一答案。

盖伊奋力思索。"我知道在哪儿有了——质量还不错，但我可不去拿。"

"在哪儿？"麦克问。

"我家的地下室，"盖伊说，"是给门铃用的。如果有谁愿意趁我老婆不注意钻到我家地下室去，电池就在一进门左手边的侧梁上。看在上帝分上，千万别让我老婆逮着你。"

其他人开了个会，选出了艾迪。他走了。

"你要是被她抓住了，可别提到我。"盖伊冲着他的背影喊道。等艾迪拿电池的时候，盖伊试了试变速带。高低两档的踏板都踩不到地上，他知道这部分的变速带基本没了。刹车踏板可以踩到底，但一点儿刹车效果都没有。倒车带倒是很有力。要开 T 型福特车，倒车档就是安全的保证。如果刹车失效了，你可以把倒车当成刹车来用。如果低挡变速带磨得太薄，车子无力开上陡峭的山坡，只要把车身转过来，倒车上去就行了。盖伊确定倒车挡没问题，就知道一切万事大吉。

艾迪顺利地拿着干电池回来了，这可以算是个吉兆。盖伊太太一直都待在厨房里。艾迪能听见她走来走去的声音，但她没听见艾迪进去。他非常擅长此道。

盖伊安好干电池，给车供好油，握住水平的点火杆。"拧起她的尾巴。"他说。

盖伊实在是个了不起的人——上帝派来的小修理工，所有能转动、拧动、爆炸的事物的圣弗朗西斯，所有弹簧、衔铁、齿轮的圣弗朗西斯。如果有朝一日，所有废弃的杜森堡、别克、德索托、普利茅斯、美国奥斯汀和伊索塔·弗拉西尼老爷车齐声唱起赞美上帝的歌，那一定主要是为盖伊这样的人而唱的。

盖伊轻轻一拧——只要这一个动作，发动机就点着了火，随即喘着气停下了，然后又再次发动起来。盖伊增大了点火器的功率，减少了给油量，换到电磁点火系统。李忠的福特车开心地咔咔发笑，嗒嗒作响，仿佛感受到了驾驶者对自己的爱与了解。

卡车在法律上有两个小问题：它没有有效牌照，也没有车灯。男人们用一块毯子漫不经心却一丝不苟地遮住了车尾过期的号码牌，又在车头的号码牌上涂满了厚厚的淤泥。本次任务所需的工具不多：几只长杆捕蛙网，几条粗布麻袋。城里的猎人出行时会往行囊里装满食物和酒，但麦克不会。他认为野外本身就是食物的来源地，他想得没错。他们一共只带了两条面包，再加上艾迪酒杯里的剩酒。男人们爬上了卡车——盖伊开车，麦克坐在副驾驶上。他们颠簸着绕过李忠杂货店所在的街角，绕开废弃的管道，向下穿过空地。马洛伊先生坐在锅炉前向他们挥手致意。盖伊稍稍松开油门，让卡车轻柔地越过人行道，开下道沿上了马路。他之所以这么小心，是因为两只前胎到处都破了洞，露出内层的包布。虽然他们动作很快，真正出发时还是已经过午。

卡车滑进了莱德·威廉姆斯的加油站。麦克下了车，把字条交给莱德。他说："医生身上没零钱了。要是你能给我们五加仑汽油，再给我们一块钱，代替另外那五加仑，那就最好不过了。医生得去南边，有桩大生意要做。"

莱德好脾气地笑了笑。"要知道，麦克，"他说，"医生也在想还有没有什么漏洞，结果得出了和你一样的结论。医生可是个聪明人。他昨晚给我打过电话了。"

"把十加仑都加满吧，"麦克说，"不——等一下。那样会晃得都洒出来。往车里加五加仑，再用汽油罐给我们五加仑吧——那种密封的汽油罐。"

莱德愉快地微笑着。"医生也想到了这一条。"他说。

"加满十加仑，"麦克说，"一滴都别剩在管子里。"

他们没有经过蒙特利的中心地带，牌照和车灯的问题让盖伊选择了偏僻的道路。但等他们开上卡梅尔山、进了山谷，卡车还是要在高速路上开出整整四公里，暴露在所有路过的警察眼前，然后才能拐进车辆稀少的卡梅尔山谷路。盖伊选的小道让他们在彼得之门附近上了高速路，卡车很快就爬起了陡峭的卡梅尔山。

盖伊一脚油门,在咔哒作响的噪声里向山坡发起了冲刺,但刚开出五十码就踩下了低挡踏板。他已经预想到这样行不通,变速带磨得太薄了。平地上没问题,爬坡就不行了。他停了车,转过车头对着山下,然后加大油门,踩住了倒车踏板。倒车带没有多少磨损。卡车稳定地缓缓后退,逐渐爬上了卡梅尔山。

他们差一点儿就成功了。当然了,散热器烫得吓人,但大多数 T 型车的专家都相信,如果散热器不烫,它就没有在正常工作。

应该有人写篇博学的论文,好好讨论 T 型福特车对整个美国在道德、物质和审美方面所带来的影响。整整两代美国人对福特车线圈的了解比他们对阴蒂的了解更深,关于行星齿轮系统的知识比关于太阳系的知识更多。有了 T 型车,所谓私人财产的概念消失了一部分。钳子不再是专属某一个人的财产,轮胎气泵则属于最后一个捡起它的人。这一时期的婴儿大多数都是在 T 型福特车里怀上的,还有很多也在车里出生。盎格鲁·萨克逊之家的理论就此扭曲,此后再也没完全恢复过来。

卡车顽强地后退着爬上卡梅尔山,越过杰克斯山峰路,开上了最后也是最陡的一段路。马达的呼吸声变粗了,它使劲喘了两口气,随即陷入了窒息。马达一停,四周显得静谧非常。反正车头也是冲着山下,盖伊就往回开了五十英尺,拐上了杰克斯山峰路。

"怎么回事?"麦克问。

"大概是化油器。"盖伊说。发动机因过热而嗞嗞作响,蒸汽在溢流管里流过的声音仿佛是鳄鱼在嘶吼。

T型车的化油器并不复杂，但它所有的零件都必须完好。针型阀的阀芯必须有完好的针尖，并且准确地插在阀座里，化油器才能正常工作。

盖伊把阀芯拿在手里：它的针尖断了。"你觉得这他妈是怎么搞的？"他问。

"魔法，"麦克说，"纯粹的魔法。你能修好它吗？"

"靠，不能，"盖伊说，"只能换一个。"

"要多少钱？"

"买新的大概一元——报废厂二角五。"

"你有一元钱吗？"

"有，但我用不着花这钱。"

"嗯，尽快赶回来吧，行吗？我们就在这儿等你。"

"没有针型阀，你们也去不了别的地方。"盖伊说。他下车走到了道路中间，伸手挥了三次，才有一辆车停了下来。男人们看着他钻进去，车开向山下。等他们下一次见到盖伊，那已经是一百八十天之后的事了。

哦，那无限的可能性啊！怎么就那么巧，盖伊搭上的车没到蒙特利就坏了？如果盖伊不是修理工，他也修不好人家的车。如果他没修好那辆车，车主也就不会带他到吉米·布鲁西亚的店里去喝一杯了。世界上明明有那么多种可能性——成百上千万种，可实际发生的事偏偏把盖伊领进了塞利纳斯监狱。活泼的恩尼亚和娇小的克莱蒂争执又和了好，为吉米庆祝生日。金发女郎进了店。点唱机前面爆发了有关音乐的争吵。盖伊的新朋友知道一种柔道动作,想给恩尼亚展示身手,结果动作出了错,折断了手腕。警察胃里不舒服——所有这些互不关联、无足轻重的细节全都涌向了同一个方向。命运女神就是不想让盖伊去抓青蛙,于是费了很大的心思,动用了很多人、造成了很多意外,结果没让他去成。最后的高潮部分是这样的:霍尔曼商店鞋靴部的橱窗玻璃碎了,所有人都去试穿橱窗里摆的鞋,但只有盖伊没听见火警鸣笛。只有盖伊没跑去看火。警察赶到的时候,只有盖伊一个人坐在霍尔曼的橱窗里,一脚穿着棕色的牛津鞋,另一脚穿着灰色布面的漆皮鞋。

天黑后,从海上吹来了冷风,留在卡车上的男人们点起了篝火。他们头顶的松树在新鲜的海风里飒飒作响。几个人躺在松针堆里,透过树枝望着冷清的夜空。他们聊起盖伊去找针型阀时可能遇到的困难,但后来就慢慢地不再提他了。

"应该有人陪他一起去。"麦克说。

到了大概晚上十点,艾迪站了起来。"再往山上走一段,有个施工营地,"他说,"我上去看看他们有没有T型车吧。"

12

蒙特利拥有悠久而辉煌的文学传统。它满怀愉悦与荣耀地记得,罗伯特·路易斯·斯蒂文森曾住在这里。金银岛的地形和海岸线无疑取材自罗伯斯角。近代,卡梅尔也诞生了不少文学家,但他们的作品没了传统的滋味,也见不到纯文学真正的尊严。曾经有一次，居民们认为一位作家受到了怠慢，就此掀起一阵轩然大波。事情的起源是伟大的幽默作家，乔西·比林斯之死。

新邮局所在的位置上曾经是一条淌着流水的深沟，沟上架了座小桥。沟渠一侧有座古老而完好的砖房，另一侧则住着负责城里所有疾病、出生和死亡的医生。医生也给动物治病，还凭借在法国的留学经验，负责给下葬前的尸体进行防腐处理。有些保守的人认为这件事太令人感伤，有人认为太过浪费，还有人则认为这是对死者的亵渎，因为没有任何圣书提到过这种处理。但越来越多相对富裕的家族接受了这种做法，这几乎成了一时的潮流。

某天早上，年老的凯利亚加先生从自己家走向山下的阿尔瓦拉多街。走上小桥时，他注意到一个小男孩领着一条狗，正从沟渠里往外爬。男孩手里拿着一块肝，狗则咬着长达几码的肠子，肠子尽头还连着胃。凯利亚加先生停下脚步，礼貌地向小男孩搭话："早上好啊。"

那个时代的小孩都很有礼貌。"早上好，先生。"

"你拿那块肝要做什么？"

"我要做点儿鱼饵，去钓鲭鱼。"

凯利亚加先生微笑起来。"你的狗呢，它也会一起去钓鲭鱼吗？"

"是狗发现的。这肝是它的，先生。我们一起在沟底发现的。"

凯利亚加先生微微一笑，继续往前走，头脑开始运转。那肝太小，不是牛肝；又太红了，也不是小牛肝。也不是羊肝——他警觉起来。走到街角处，他遇到了莱恩先生。

"昨晚蒙特利有谁去世了？"凯利亚加先生问道。

"没听说。"莱恩先生说。

"有谁遇害了？"

"没有。"

两人并肩前行，凯利亚加先生讲了小男孩和狗的事。

他们进了砖房酒吧，里面已经有好几个人聚在一起闲聊。凯利亚加先生把之前的事又讲了一遍，话音刚落，警官就走了进来。他应该最了解这一带有没有死者了。"蒙特利没人去世，"他说，"但乔西·比林斯在蒙特酒店去世了。"

酒吧里一片沉默，所有人都在想同一件事。乔西·比林斯是个伟大的人，也是个了不起的作家。他在这里去世是蒙特利的光荣，而他的遗体遭到了亵渎。在场的人没多加讨论就自发地组成了一个委员会，气势汹汹地快步走到沟渠边，过了小桥，大声捶打从法国留学回来的医生的门。

医生之前熬夜工作，听到敲门声才起了床，一头乱发、胡须蓬松，穿着睡衣开了门。凯利亚加先生严厉地问道："给乔西·比林斯的遗体做防腐处理的是你吗？"

"呃——是我。"

"你把他的内脏怎么了？"

"呃——和平常一样，扔进沟里了。"

众人命令他快速换了衣服，带着他一起快步走向海滩。如果之前的小男孩手脚麻利，说不定已经赶不上了。委员会到场时，男孩正要上船。狗把肠子丢在了沙滩上。

法国来的医生被迫捡起所有内脏，反复清洗，尽量清除了上面的沙子。他还被迫出钱买了个铅盒，放进了乔西·比林斯的棺材一同下葬。蒙特利可不会容忍文学大师遭受那样的对待。

13

麦克一伙人在松针上安详地睡着觉。天亮前不久，艾迪回来了。他走了好久才找到一辆T型车，找到后又在犹豫是不是该把针尖从阀座里拔出来，万一尺寸不合适怎么办？最后他把整个化油器都搬了回来。他回来的时候，其他人并没醒。艾迪在他们身边躺倒，也在松树下安然入睡。T型车有一点好：不同车辆间的零件不仅能互换，而且看不出哪里有一点儿不同。

从卡梅尔山坡上能望见一片美丽的景色：枭娜的海湾线，海浪在沙滩上拍打出奶油色的浪花，围绕在西赛德周围和山脚下的大片沙丘，温暖怡人的城镇。

麦克在黎明时分醒了过来，粗暴地扯了扯紧裹的裤子，站起身来俯瞰整个海湾，望见远处的围网渔船正逐渐向内陆靠拢。一艘油船停在西赛德附近，大口喝着油。他身后的灌木丛里传来野兔窸窣的动静。太阳升了起来，像抖毯子一样驱散了夜晚残留在空中的寒意。麦克感觉到阳光的温暖，不由打了个寒噤。

男人们吃了点儿面包，艾迪安好了新的化油器。一切就绪之后，他们没再费心给车点火，而是将它推回高速路上，挂了挡靠惯性滑行，直到卡车自己发动起来。艾迪负责驾驶，把车倒着驶上了坡，越过山顶后掉转车头，正常向前开过了哈顿·菲尔兹。

卡梅尔谷里的洋蓟一派灰绿，河边的柳树绿意盎然。一行人左拐上坡进了山谷，第一站就撞了大运。一只风尘仆仆的罗德岛红公鸡离开农场太远了，正在过马路，艾迪没绕多少路就撞死了它。坐在后排的海瑟给鸡拔了毛，鸡毛从他手中接连不断地飞出来，在从詹姆斯伯格方向吹来的晨风中飘洒一地，成为史上分布面积最广的犯罪证据。有些红色的鸡毛飞到了罗伯斯角，还有几根甚至远远地飘到了海里。

卡梅尔河是条怡人的小河。它不算长，但河流该有的东西一样也不少。它随着山势爬高，之后向下奔流，经过一些浅滩，被水坝拦截成一个湖，然后又涌出水坝，在圆圆的漂石间冲出去，在枫树林下悠闲地缓缓前行，水流涌入鳟鱼生活的池塘，又流过小龙虾居住的河湾。它在冬季是一股凌厉而迅猛的细流，夏季则是孩童玩耍、渔夫捕鱼的好去处。青蛙在河岸上眨着眼，蕨类在河边长成高高的丛林。鹿和狐狸都会在清晨与傍晚的静谧时分来河边饮水，偶尔还会有美洲狮伏平身子蹚水而过。富饶山谷里的农场都会到河边来取水，浇灌自家的菜园和果园。黄昏时分，鹌鹑在河边鸣叫，野鸽子呼啸着掠过河面，浣熊蹑手蹑脚地寻找着青蛙。这里能胜任河流所应有的一切职责。

再往山谷高处爬上几英里，小河的流水遇上了一座高高的悬崖，悬崖上倒悬着不少藤蔓和蕨类。悬崖脚下是个池塘，碧绿而深邃。与悬崖相对的池塘另一侧是一小片沙滩，非常适合坐下来烹煮食物。

麦克一伙愉快地来到了这片沙滩。这地方再完美不过了。如果这一带有青蛙，这里一定就是它们最常出没的地点。这里让人放松，让人感到快乐。在过来的这一路上，他们收获颇丰。除了那只大红公鸡，他们还拿到了从蔬菜运输车上掉下的一袋胡萝卜和非自愿掉下的十几个洋葱。麦克兜里装着一袋咖啡，卡车里还有切掉盖顶的五加仑汽油罐。艾迪的酒杯几乎还是半满的。他们出发时带上了盐和胡椒。麦克他们都认为，只有白痴才会不带盐、胡椒和咖啡就出门。

他们不假思索、有条不紊、毫不费力地推来四块圆石，在沙滩上摆到一起。今早还向日出发起挑衅的公鸡惨遭解体，放在加了水的五加仑汽油罐里。石头间燃起了用柳树枯枝点的火，火非常小。只有白痴才会点起熊熊大火。要煮熟这只鸡需要很久，因为它活了很长时间，才积累起如今的体积和雄风。但水刚在小火上烧开，它就已经散发出了诱人的香气。

麦克发表了动员演讲。"青蛙在夜里最好抓，"他说，"我们就躺着等天黑吧。"他们在树荫下坐下来，不久就都躺倒在地，睡着了。

麦克说得对。白天青蛙不怎么活动，躲在蕨类植物下，透过岩石下的小洞偷偷观察外面。最好的捕捉方式是在天黑后打着手电筒寻找。男人们睡得很熟，知道夜里还有得忙。只有海瑟没睡，不时为煮鸡的火苗补充燃料。

悬崖边不会出现充满阳光的金黄色午后。下午两点，太阳越过悬崖顶，沙滩上罩上了一层窸窸窣窣的阴影。枫树在午后的微风中轻轻抖动，小型水蛇滑行到岩石上，轻轻扎进水里沿着池边游弋，头部如潜望镜般高高扬起，身后漾开一阵轻波。一条硕大的鳟鱼在池中一跃而起。躲避阳光的蚊虫都出来了，在水上嗡嗡飞舞。苍蝇、蜻蜓、黄蜂和马蜂这些喜爱阳光的昆虫都回了巢。当阴影爬上沙滩，附近响起了第一声鹌鹑的鸣叫，麦克一伙人醒了过来。炖鸡的香味几乎让人心碎。海瑟从海边的月桂树上摘了片叶子丢进锅里，胡萝卜也放进去了。咖啡煮在另一块石头上的罐子里，离火很远，免得煮焦。麦克站起身伸了个懒腰，摇摇晃晃地走到池边，双手捧水洗了把脸，咳嗽几声吐了口痰，漱了口，小便后系紧皮带，挠了挠腿，用手指捋顺潮湿的头发，拿起酒杯喝了一口，打了个嗝，在火边坐了下来。"老天，闻起来也太香了。"他说。

其他人醒来也做了和麦克差不多的事情，不太严谨地依照他的步骤洗漱完毕。最后所有人都聚到火边。纷纷夸奖海瑟。海瑟把小刀插进了鸡肉里。

"这肉说不上嫩，"海瑟说，"要让它嫩，至少要煮上两周才够。麦克，你觉得这鸡有多老了？"

"我四十八岁了，还没它老呢。"麦克说。

艾迪说："一只鸡能活多老？如果没人对它呼来喊去，它也不生病的话？"

"没人知道。"琼斯说。

这是一段令人愉悦的时光。几个人互相递着酒杯，酒精令身体温暖起来。

琼斯说："艾迪，我没想抱怨什么的。我只是在想啊，如果你能从酒吧带两三杯酒回来,把所有威士忌放在一起,所有红酒放在一起,所有啤酒放在一起——"

这个提议引起了一阵稍含震惊的沉默。"我没别的意思,"琼斯连忙说,"我也挺喜欢现在这样的酒——"他开始口不择言,因为他知道自己说了不该说的话,没法停下来了。"我喜欢这样的,因为你根本猜不到喝完以后会是怎么个醉法,"他语速飞快地说,"你只能猜个大概。有人喝醉了打架,有人喝醉了哭。但这种酒呢——"他语调大度地说,"你不知道它会让你爬上一棵松树,还是会让你一路游到圣克鲁斯去。这样更有意思。"他语气虚弱地说。

"说到游泳,"麦克在气氛紧张的沉默中开了口,一方面也想让琼斯闭嘴,"不知道麦金利·莫兰那家伙后来怎么样了。还记得吗,那个深海潜水员?"

"我记得他,"修伊说,"我以前老跟他一起出去。他找不到什么工作,就开始喝酒了。既喝酒又潜水可不容易。他喝的量也越来越让人担心了。最后他把潜水服、头盔和潜水泵都卖了,大醉一场,然后就消失了。我不知道他去哪儿了。之前有个意大利人在十二兄弟那儿被锚拽了下去,麦金利也潜下去救他,那之后他就不行了。他的耳膜爆了。那意大利人倒是没事。"

麦克又喝了口酒。"禁酒那时候,他挣了不少,"麦克说,"政府给他一天二十五元,叫他潜水去海底找酒瓶子。如果他发现了不上报,每箱路易给他三元。他每天只要捞一箱上来,就能让政府的人满意。路易一点儿也不介意。他们说好了,不找别的潜水员。麦金利挣了一大笔。"

"是啊,"修伊说,"但他和其他人一样——有钱了就想结婚。那笔钱花光的时候,他已经结了三次婚。我能看出来。他每次都会买一件白色的狐皮大衣,呼——!等你下次再见到他,他已经结婚了。"

"不知道盖伊怎么样了。"艾迪说。这是他们第一次再提起盖伊。

"我看都一样。"麦克说,"绝对不能信任一个结了婚的人。不管他有多讨厌自己的老婆,结果他还是会回去。他想啊想啊,闷闷不乐,到最后就回家去了。不能信任这样的人。就说盖伊吧,"麦克说,"他老婆老打他。但我跟你打赌,只要从她身边离开三天,盖伊就会觉得那都是他自己的错,赶紧回家去道歉。"

他们吃得慢而讲究:拿着骨头把鸡肉块拿起来,等淌着汤汁的肉晾凉后,再啃下骨头上结实的肌肉。他们用柳枝串起锅里的胡萝卜,最后依次举起汽油罐,把汤都喝了个干净。暮色逐渐降临,和音乐一样润物无声。鹌鹑呼朋引伴地下了水,鳟鱼在池中四处逃窜。蛾子在水上四处飞舞,残留的日光渗入了黑暗。男人们依次喝着咖啡,陷入了温暖满足的沉默。最后麦克说:"去他的,我讨厌撒谎的人。"

"谁对你撒谎了?"艾迪问。

"哦,我不介意为了方便、为了接话撒点儿小谎,但我讨厌自我欺骗的人。"

"谁啊?"艾迪问。

"我。"麦克说。"你们可能也一样。我们跑到这儿来,"他急切地说,"看在老天分上,我们这么破破烂烂的一大群。我们想好了要给医生办一场聚会,所以跑到这儿来,舒舒服服地享受一通。然后我们再回去管医生要钱。我们一共五个人,喝的酒肯定有他五倍多。我不是很确定我们办这个聚会真的是为了医生。我也不确定我们是为了自己。医生是个好人,不该得到这样的对待。医生是我认识的人里最好的。我不想占他的便宜。你们知道吗,有一次我想要钱,就去骗他,给他讲了一个长长的故事。讲到一半,我就看出他明白着呢,他知道那故事都是胡编的。所以讲到一半,我就说:'医生,这他妈都是骗人的!'他把手插进口袋里,拿了一元钱出来。'麦克,'他说,'我觉得如果一个人能为了钱撒谎,那他一定真的很需要钱。'他把那一元钱给了我。第二天我就还给他了。我根本没花,只是在身上放了一天,然后就还给他了。"

海瑟说:"没人比医生更喜欢聚会,我们打算给他办一场。到底有什么问题?"

"我也不知道,"麦克说,"我只是想给他点儿什么东西,不要最后大部分又都回到我自己身上。"

"送个礼物怎么样?"修伊提议,"我们可以买好威士忌,直接送给他,让他想怎么喝都行。"

"说得不错,"麦克说,"就这么办。我们把威士忌送给他就走。"

"你也知道那之后会怎么样,"艾迪说,"亨利和卡梅尔的那些人会发现那些威士忌,结果喝到威士忌的就不是我们五个,而是其他二十个人。医生以前告诉我,他们在瑟尔角都能闻见他在罐头厂街烤的牛排。这不划算。我们自己给他办还好一些。"

麦克陷入了思考。"也许你说得对,"最后他说,"但我们也不一定非要送威士忌,可以送点儿别的,比如刻着他首字母缩写的袖扣。"

"哦,胡说八道,"海瑟说,"医生才不要那种东西。"

天完全黑了,空中挂着白色的星星。海瑟往火里添了些树枝,沙滩上映出一片火光。山头另一侧传来狐狸尖锐的叫声,山上传来鼠尾草的芬芳。池塘的水冲击着石头哗哗作响。

麦克思考着最后一段对话的逻辑。旁边突然传来一阵脚步声,众人转过头去。一个肤色黝黑、个头高大的男人向他们走了过来,胳膊上架着柄猎枪,一条腼腆的波音达犬在他脚边亦步亦趋。

"你们在这儿干吗呢?"他问道。

"没干吗。"麦克说。

"告示牌上写着呢,这里不许钓鱼,不许打猎,不许生火,也不许露营。你们赶紧收拾收拾,把火灭了,从这儿滚出去。"

麦克态度恭谨地站了起来。"我不知道这事,上校,"他说,"我们真没看见什么牌子,上校。"

"到处都立着牌子呢,不可能看不见。"

"你瞧,上校,是我们错了,很抱歉。"麦克说。他顿了顿,眯眼细看对方伛偻的身影。"您是军人没错吧,先生?我看得出来。军人连肩膀的姿势都和普通人不一样。我在军队里待久了,我看得出来。"

男人的肩膀不易察觉地端正了几分，姿势也微妙地变了。

"我的地盘上不许生火。"他说。

"嗯，真的很抱歉，"麦克说，"我们这就走，上校。其实我们是来给科学家跑腿的，他们在研究癌症，我们来这儿帮他们抓青蛙。"

男人迟疑了片刻。"他们要青蛙干吗用？"他问。

"是这样的，先生，"麦克说，"他们让青蛙得癌症，然后做些试验啊研究什么的。只要再来一批青蛙，他们就有突破了。但既然你不想让我们待在你的地盘上，上校，我们这就走。要是早知道不行，我们就不来了。"麦克仿佛刚刚看见了对方脚边的波音达犬。"老天，这可真是条不错的母狗，"他开开心心地说，"它长得很像去年在弗吉尼亚州赢了野外挑战赛的诺拉。它也是弗吉尼亚州的狗吗，上校？"

上校犹豫了一下，撒了谎。"是，"他简短地说，"它瘸了。虱子在它肩上咬了一口。"

麦克瞬间变得殷勤起来。"能让我看一眼吗，上校？来啊，姑娘。来啊，姑娘。"波音达犬抬头看了眼主人，走到麦克身边。"往火里加点儿树枝，让我看得清楚些。"麦克对海瑟说。

"叮在了它舔不着的地方。"上校说，从麦克肩后探头看着。

麦克从狗肩上可怖的凹坑里挤出了一些脓液。"我以前有条狗也被咬了，虱子钻了进去，把它给弄死了。它是不是刚生过小狗？"

"对，"上校说，"生了六条。我给它涂了碘酒。"

"不行,"麦克说,"那样吸不出来。你家里有泻盐吗?"

"嗯——有一大瓶。"

"把泻盐弄成糊状,热敷到伤口上。它生了小狗,现在很虚弱。要是病了就不好了。小狗也会活不久的。"波音达犬凝望着麦克的眼睛,舔了舔他的手。

"这样吧,上校,我来给它上药。有泻盐就行,泻盐效果是最好的。"

上校摸了摸波音达犬的头。"跟你说,我家旁边有个小池塘,里面全是青蛙,我晚上都睡不好觉。你们去那儿抓吧?它们整夜叫个没完。我早就想处理它们了。"

"那可真是太好了,"麦克说,"医生们都会感谢你的。但我得先给狗敷上药。"他转向其他人。"你们把火扑灭,"他说,"一点儿火星也别剩下。周围都打扫干净,别留下任何垃圾。我跟上校去给诺拉上个药。你们打扫好再过来。"麦克和上校一起走远了。

海瑟踢起沙子盖住了火。"麦克要是愿意,他一定能当上美国总统。"他说。

"当上了他又能干吗呢?"琼斯反问,"那可一点儿也不好玩。"

14

罐头厂街的每个清晨都是一段颇具魔力的时光。在太阳升起、白昼来临之前,街道沐浴在银灰色的光线中,仿佛悬挂在时间长河之外。街灯灭了,野草映出一片明亮的绿色。罐头厂的波形铁板反射着铂或旧锡的珍珠色光泽。街上没有车,没有任何事情发生,也没有店铺开门。海浪在几座罐头厂之间拍打,冲刷的浪声清晰可闻。这是一段被人遗忘、专供停歇休憩的静谧时光。猫像粘稠的液体一样从篱笆上沉沉坠下,在地面上缓缓滑动,寻找剩鱼头。早起的狗一声不出,大摇大摆地走在街头,精明地挑选着小便的最佳地点。海鸥拍打着翅膀飞来,在罐头厂屋顶上肩并肩地挤成一排。霍普金斯海洋研究站附近的礁石上传来海狮如同猎犬一般的嚎叫。空气冰冷而清新。后花园里的地鼠推开新鲜潮湿的泥土钻出地面,又拖着花朵钻回洞里。在这个时间出门的人很少,衬托得街道比无人时更加荒凉。有个朵拉店里的姑娘刚赶回家——前晚的客人要么太富有,要么病得太厉害,没法亲自到熊旗餐厅来。她脸上的妆有点儿发黏,双脚疲惫不堪。李忠将垃圾桶一个一个推出来,摆到街边。中国老人从海边回来了,上坡时从宫殿边经过,松掉的鞋底拍打着地面。罐头厂的警卫向门外张望,在晨光中使劲眨着眼睛。熊旗餐厅的保镖没披外衣就走到了门外,打着哈欠伸了个懒腰,挠了挠肚子。马洛伊先生那些住在管道里的租客发出响亮的鼾声,带着管道引起的特殊回音。这是珍珠般宝贵的时刻——在夜晚与白天的交界处,时间停下脚步,审视自身。

就在这样的一个清晨,在这样的光线里,有两个士兵和两个姑娘步履轻松地走在街上。他们刚从拉·易达钻出来,既疲惫又快乐。两个姑娘身材高大,胸部饱满,体格健壮,金发有些杂乱。她们穿着人造丝的印花裙,裙子皱了,紧贴在她们身体的曲线上。

两人各戴着一顶军帽，一个戴在脑后，另一个几乎把护目镜拉到了鼻梁上。她们长相类似，都有饱满的嘴唇、宽鼻梁和丰满的臀部，此刻两人都累得够呛。

士兵穿着军上衣，扣子全都开着，绑着穿过肩章的吊背带。他们的领带稍稍松开，让衬衫领口的扣子也解开一颗。两人戴着姑娘们的帽子：一顶是小小的黄色硬草帽，帽顶上插着一束雏菊；另一顶是白色的针织半帽，贴着蓝色玻璃纸做的奖章状装饰。四个人牵着手一起走，有节奏地晃着手臂。站在最外侧的士兵手里拿着个棕色的大纸袋，里面装满了冻好的罐装啤酒。他们脚步轻柔地走在珍珠色的光里，因之前的纵情狂欢而心情愉悦。他们露出优雅的微笑，仿佛是回忆起某场聚会的疲惫孩童。他们互相凝视，微笑着摆动握在一起的手。他们走过熊旗餐厅，对挠肚子的保镖说了句"你好啊"。他们听着管道里传来的鼾声，笑了起来。到了李忠店门口，他们停住脚步望向乱糟糟的橱窗，看着里面争夺顾客注意的工具、衣服和食品。他们摇摆手臂、移动脚步，走到罐头厂街的尽头，拐弯走到了铁轨边。两个姑娘爬到铁轨上往前走，士兵伸臂揽住她们丰满的腰身，防止她们跌倒。然后四人走过船厂，转身走进了如公园一般的霍普金斯海洋研究所。研究所门前有一小片弧形的海滩，夹在小型礁石群中间。清晨温和的海浪漫上沙滩，一阵轻声细语。裸露的岩石上传来隐约的海草气息。四人走上海滩时，第一道银色的日光在海湾对面破晓而出，越过汤姆·沃克的土地滑过水面，将岩石映成一片金黄。两个姑娘姿势端庄地坐在沙滩上，将裙摆拉过膝盖抚平。一位士兵拿出四罐啤酒开了口，递给其余三人。然后两个男人也躺了下来，枕着姑娘的腿，仰望她们的脸。两对男女互相微笑，共享着疲惫、平和而美妙的秘密。

从研究站传来一阵狗吠——脸色阴沉、皮肤黝黑的警卫和同样态度阴沉、毛色漆黑的可卡犬注意到了四人的存在。警卫冲他们喊叫，见他们毫无反应，大步走到了沙滩上。他的狗发出单调的吠叫声。"你们不知道外人不能躺在这儿吗？赶紧走。这是私人领地！"

两个士兵仿佛没听见他的话，继续微笑着。姑娘们撩起了耳边的秀发。最后一位士兵像慢镜头一样缓缓转过头去，脸颊陷在姑娘的两条大腿之间。他冲管理人友好地微笑。"你他妈怎么不飞到月亮上去？"他温和地说，又转回头望着姑娘。

阳光照耀着姑娘的金发，她伸手轻挠他的耳朵。他们根本没看见管理人回到了屋里。

15

其他人赶到农舍时，麦克正待在厨房里。波音达犬侧身躺在地下，麦克用浸了泻盐溶液的布按着虱子咬出的伤口。在母狗的前后腿中间，好几只又大又胖的狗崽拱来拱去，争先恐后地喝着奶。母狗耐心地凝视着麦克的脸，那眼神仿佛在说："你明白了吧？我想告诉他，可他听不懂。"

上校举起一盏灯，低头看着麦克。

"还好你告诉我。"他说。

麦克说:"我不想多管闲事,先生,但这些狗崽得断奶才行。它不剩多少奶水了,再喝下去,它会垮掉的。"

"我知道,"上校说,"我应该留下一只,把其他几只都淹死。我一直忙着照看这地方。现在人们对会捡鸟的猎犬没么感兴趣了,到处都是贵宾犬,拳师犬,杜宾犬。"

"是啊,"麦克说,"可是没有哪种狗能像波音达犬那么有用。真不知道那些人都是怎么想的。可你不会真的把它们都淹死吧,先生?"

"哎,"上校说,"自从我老婆从了政,我就忙得要死要活。她被选进了这个区的议会,要不就是在开立法会,要不就到各处去演讲。在家的时候,她也总是在研究,写法案啊什么的。"

"那可不好受——我是说,那你一定很寂寞吧。"麦克说。"如果给我这么一条狗崽——"他提起一条一脸茫然的小狗崽,"那我用不了三年就能拥有一条真正的捡鸟犬了。要是让我选,我绝对选母狗。"

"你想来一条吗?"上校问道。

麦克抬起头来。"你愿意送我一条?哦!老天爷,太好了。"

"随你选,"上校说,"现在没人知道捡鸟犬的好了。"

男人们站在厨房里,迅速对这个家做出了判断。女主人显然不在——没吃完的罐头,粘着炒蛋的花底煎锅,灶台上洒的面包渣,糕点箱上大敞的猎枪子弹盒——这一切都在宣告女性角色的缺失,而白色的窗帘、碗橱每层上铺的纸和架子上的小毛巾又说明这个家里确实有过女人。女主人不在让他们下意识地松了口气。会在碗橱隔层上铺纸、用小毛巾的女人会本能地不喜欢、不信任麦克一伙人。这样的女人明白,对于家庭来说,麦克一伙是最大的威胁,因为他们提供的是轻松、思考和陪伴,而非整洁、秩序与正确。他们非常庆幸她不在。

上校似乎觉得他们在帮他的忙,并不希望他们这就离开。他有些犹豫地说:"出去抓青蛙之前,是不是先来点儿酒,暖暖身体?"

其他人都望向麦克。麦克皱起眉,仿佛在思考答案。"出来采集科学标本的时候,我们有不沾酒的规矩。"他说,然后用抱歉的语气又迅速补充:"但你对我们这么热情——我不介意来一小杯。不知道其他人怎么想。"

男人们表示他们也不介意来一小杯。上校拿了手电筒,钻进了地下室。几个人能听见他在底下挪动木头和箱子。最后他抱着五加仑的橡木桶上了楼,把酒桶摆到桌上。"禁酒期我搞到了一些玉米制的威士忌,都藏了起来。我当时就是想看看情况。现在这酒也够老的了。我都忘得差不多了。是这样——我老婆——"他没再说下去,其他人显然都懂。上校敲掉了木桶底的橡木塞,从铺了扇形垫纸的架子上取下几个酒杯。用五加仑的酒桶倒出只有一小杯的酒是项技术活。每个人都得到了盛满半个玻璃水杯的棕色清澈液体。他们很有仪式感地等上校也举起杯,一起说了句"过河去",一起仰脖一饮而尽。男人们咽下杯中的酒,回味着留在舌上的味道,舔了舔嘴唇,眼神变得遥远起来。

麦克盯着空空如也的杯子内部,仿佛杯底刻着什么上天的神谕。他抬起眼来。"这酒可真是没话说，"他说，"瓶装的可没这么好的酒。"他深吸一口气，然后边吐气边品尝那股味道。"我从来没喝过这么棒的酒。"他说。

上校似乎很高兴。他望向酒桶。"是不错，"他说，"要不我们再来一杯？"

麦克又望进杯子里。"来一小杯吧，"他表示同意，"要不要先倒一点儿在水罐里？你这样容易洒。"

两个小时之后，他们想起了此行的目的。

青蛙所在的池塘是方形的，七十英尺长，五十英尺宽，四英尺深。池边长着茂密柔软的草，一条沟渠将河水引入池中，一路上又伸出好多条通向果园的分流。池中确实有不少青蛙，至少有上千只。它们的叫声仿佛是夜晚的号角，咚咚呱呱，嘎嘎咔咔。它们冲星辰、残月和摇曳的野草唱着歌，歌颂爱情，发起挑战。在夜色的掩护下，男人们放轻了脚步走向池塘。上校端着一只几乎盛满了威士忌的水罐，其他人都拿着自己的杯子。上校找了手电给他们用，修伊和琼斯背着粗麻袋。虽然他们动作轻盈，青蛙还是听到了动静。原本充满蛙之歌的夜晚突然安静下来。麦克一行人和上校在地上坐下来，喝上最后一小杯，拟定进攻的战略。他们的计划很大胆。

在青蛙与人共处于同一个世界的那一千年里，人类很可能一直在猎捕青蛙。在那个时候，猎捕与逃亡的模式就已经决定好了。人类带着网、弓箭、矛或枪，自以为悄无声息地向青蛙靠近。在这样的模式里，青蛙会一动不动地坐着，一动不动地等待。游戏规则要求青蛙一直等到最后一瞬间：当网从天而降、矛抛在空中、手指扣动了扳机，青蛙才会纵身一跃，扎入水后游到池底，等着人类走开。这就是整个过程进行的方式，自古以来都是一样的。青蛙理所当然地会认为以后也同样如此。有的时候，网扣得太快了，矛刺中了猎物，枪打中了目标，青蛙就此消失不见。但那是公平的结果，属于同样的世界框架。青蛙对此并无怨言。但它们怎么可能猜到麦克用的方法，怎么可能预料到会出现如此的惊怖和混乱？突然出现的亮光，男人的呼喊和吼叫，纷杂的脚步。所有青蛙都纵身一跃，扎入池水，慌乱地游到了池底。人类排着队也跳进了池里，跺着脚搅动池水，像一队疯子般在池中前进，脚下到处乱踩。青蛙被踢出了原本的躲藏地，极度慌乱地向前游去，想要与疯狂乱踩的脚步拉开距离，但脚步仍然紧追不放。青蛙擅长游泳，但耐力并不强。它们在池中游啊游啊，最后全都挤到了池塘的一端。狂野的脚步和躯体紧随其后。有几只青蛙迷失了方向，在人脚下辗转挣扎，结果碰巧在缝隙间游了出去，躲过一劫。大多数青蛙决定永远离开这里，去新大陆找片新池塘，保证这样的事再也不会发生。一大群慌乱而沮丧的青蛙跳上了岸——大的、小的、棕色的、绿色的、公的、母的——爬爬跳跳，四散奔逃。它们跳到草上，紧紧相拥，小个的趴到大个身上。然后更加恐怖的事情发生了——手电光照到了它们。两个男人像捡树莓一样把它们捡了起来。人类组成的队伍也出了水，从后面包抄过来，像挖土豆一样将青蛙大把大把地抓了起来，十个、十五个一组地扔进麻袋。麻袋里装满了疲惫恐慌、晕头转向的青蛙，装满了湿哒哒、呱呱哭叫的青蛙。当然也有些逃掉了，有些在池塘中保住了命。但在青蛙的历史上，从来没出现过如此壮烈的处刑。麻袋里的青蛙成磅重——成五十磅重。没人费心去数，至少有六七百只。麦克兴高采烈地绑好了袋口。麻袋全都在滴水。夜晚的空气很冷。男人们在草地上又喝了一小杯酒，然后就进了屋，免得冻感冒。

上校觉得从来没这么开心过。他觉得他欠麦克他们的。不久后窗帘着了火，男人们用小毛巾扑灭了，上校叫他们别介意。上校觉得，只要麦克他们愿意，就算房子烧个一干二净，那也是他的光荣。"我老婆是个好女人，"他总结性地说，"了不起的女人。她本该是个男人的。如果她是个男人，我就不会娶她了。"他哈哈大笑了好久，又把这话来回重复了三四次，打算记牢这个笑话，回头讲给别人听。他倒满一罐子的威士忌，把它递给了麦克。他想去宫殿旅舍和他们一起住。他说他老婆也会喜欢麦克他们的，可惜没机会认识了。最后他躺在地板上睡着了，头和小狗崽们挨在一起。麦克一伙又给自己倒了一小杯酒，严肃地望着他。

麦克说："他把那罐威士忌送给我了，没错吧？你们都听见了？"

"没错，"艾迪说，"我听见了。"

"他还送了我一只狗崽？"

"对，随便挑。我们都听见了。怎么了？"

"我从不占醉汉的便宜，现在也不会占，"麦克说，"咱们得走了。他醒了以后会心情很糟，觉得都是我们的错。我可不想到时候还留在这儿。"麦克看了看烧坏的窗帘,看了看地板上亮晶晶的威士忌和狗带来的灰尘,又看了看烤炉上凝结的油脂。他走到狗崽旁边,仔细观察,伸手感受每一只的骨架和体格,检视眼睛和下颌,最后挑了一只图案美丽的斑点母狗。它长着红褐色的鼻子和深黄色的眼睛。"来吧,亲爱的。"他说。

他们吹灭了提灯,以防起火。出门时,天色刚刚破晓。

"我从来没经历过这么开心的旅行,"麦克说,"但我总在想他老婆回来的时候,这让我心惊胆战。"狗崽在他怀里哀嚎,麦克把它塞进了大衣底下。"他这人不错,"麦克说,"当然,是在他放松下来以后。"他大步走向福特车停靠的地方。"别忘了这都是为了医生,"他说,"就现在的情况看,医生可真是个幸运的家伙。"

16

对熊旗餐厅的姑娘们而言,一年中最忙的时间当数沙丁鱼大丰收的三月。这不仅是因为银色的沙丁鱼数以百万计地游动,钞票流通得也同样奔放,还因为旧金山要塞来了一支新团,初来乍到的士兵总会四处寻芳,过一阵子才会安生下来。在这段日子里,朵拉正好人手不够:伊娃放假去东圣路易斯了,菲莉斯·梅在圣克鲁斯从过山车上下来时磕断了腿,艾尔西则做起了连续九天的天主教祷告,根本无心工作。沙丁鱼船队的男人们口袋里装满了钱,一个下午都在她店里进进出出。他们天黑后才出海,一整夜都在忙着捕鱼,所以每天下午必须找点儿乐子才行。傍晚时,新兵团的军人从山上下来，在店里四处站着，拨弄点唱机，喝着可口可乐，打量并挑选即将付钱享受的姑娘。朵拉在税务方面遇到了点儿麻烦，因为她所面对的是这样一种滑稽的难题：当局说她做的生意不合法，可又要求她为这不合法的生意交税。除此之外，也不能忘了平时的常客，那些已经光顾多年的老主顾：采石场的工人，农场的骑马人，走前门的铁路工人，溜后门的市政府雇员和有名有势的生意人。后面两种人总是沿小路过来，店里有专门为他们而设的小房间，铺着印花布，作为等候室。

总之，那是糟透了的一个月，就在这一切的正中央，流感又爆发了，蔓延了整个城镇。圣卡洛斯酒店的塔尔波特太太和她女儿都染上了，然后是汤姆·沃克，本杰明·皮博迪和他老婆，了不起的玛利亚·安东尼娅，还有格劳斯一家人。

蒙特利的医生平时人手还算足够，足以应付小病小灾和神经官能症，到这时候都忙得团团转。病人的数量多得让他们应接不暇，其中有好多平时没钱付账单，但却有钱看病的客户。罐头厂街的住客比其他地方的人都要结实得多，染上流感的时间也晚，但最后还是未能幸免。学校都停了课，没有哪家没有发高烧的孩子和同样生病的大人。这次的流感不像一九一七年那么致命，但却有更多的孩子发展成乳突炎。城里所有的医生都已经忙得不可开交，而罐头厂街在金融风险方面又没有什么优势可言。

西部生物实验室的医生没有医生执照，但罐头厂街所有人都去找他看病，这并不是他的错。回过神来，他已经在棚屋之间四处奔波，给人量体温、发药，四处借送被褥，甚至还要把一家的食物分给另一家。各家的母亲躺在床上,用发红的眼睛望着医生,一边感谢他,一边把照顾孩子康复的任务都全权交到了他手里。如果有他无法控制的病情,医生就给本地的医生打电话,有时对方也会亲自来看看是否有紧急情况。对于病人的家人来说,一切情况都是紧急情况。医生没时间睡觉,全靠啤酒和沙丁鱼罐头撑着。他去李忠店里买啤酒,正好碰见了去买指甲刀的朵拉。

"你看起来累坏了。"朵拉说。

"我确实累坏了,"医生承认道,"我有一周没怎么睡过觉了。"

"我知道,"朵拉说,"听说情况很糟糕。时间也赶得不好。"

"嗯,暂时还没有死者,"医生说,"不过有些孩子病得很重。兰塞尔家的孩子全都得了乳突炎。"

"有什么我能帮忙的地方吗?"朵拉问。

医生说:"你也知道,在这种情况下,大家都吓坏了,觉得特别无助。比如兰塞尔一家——他们怕得要命,不敢自己待着。如果你和姑娘们能陪他们坐一会儿就好了。"

朵拉的心有时软得像老鼠的肚子,有时又和金刚砂一样坚硬。她回到熊旗餐厅,开始组织相应的服务。这段时间她过得也很不容易,但她还是做到了。希腊厨师用十加仑的大锅煮了浓汤,不停地加水加料,让汤总是满满一锅,总是那么浓郁。姑娘们努力一边照常接客,一边轮班去陪生病的家庭,去的时候总是带上成罐的浓汤。医生四处奔忙,朵拉则不时征询他的意见,再把他的建议传达给姑娘们。与此同时,熊旗餐厅的生意蒸蒸日上。点唱机从不间断地放着音乐,捕鱼队的渔民和士兵排起了长队。姑娘们辛勤工作，抽空带着成罐的浓汤溜出后门，去兰塞尔家、麦卡锡家、费瑞亚家陪病人。陪护睡着的孩子的时候，姑娘们有时也会坐在椅子上打盹。她们工作时不再化妆，也没了这个必要。朵拉说过，她恨不得把养老院的所有老太太都拉过来。这就是熊旗餐厅的姑娘们记忆里最繁忙的一段时期。这段日子终于结束时，所有人都很高兴。

17

尽管医生待人热情、有不少朋友，他仍然是个孤独而离众的人。对这一点观察得最仔细的恐怕是麦克。在人群中，医生似乎总是独自一人。当实验室亮起灯、巨大的留声机放起格林高利音乐，麦克总会从宫殿旅舍向山下张望。他知道医生带了女人回家。但麦克心里总有种可怕的感觉，觉得这景象十分孤独。麦克觉得，即便是在和姑娘亲密接触的时候，医生也是孤独的。医生是个夜行者。每晚，实验室的灯都会亮上一整夜，而白天他还是一样活跃。实验室传出音乐的时间则不分日夜。有时天色漆黑，实验室中似乎终于有睡意降临，但窗户里又会飘出西斯廷唱诗班的孩子们如钻石般完美的歌声。

医生必须继续采集生物标本。他尽量沿着海岸线追赶不错的潮汐。礁石和沙滩就是他的储备地，无论需要什么，他都知道该到哪里去寻找。他这一行所需的商品全都摆在海岸边：这里有石鳖，那里有章鱼，馆蠕虫在这个地方，海肾又在下一个地方。他知道该去哪里寻找，但并不能总是如他预想那样顺利地找到目标。自然女神总会将珍宝锁起来，偶尔才放出寥寥几只。医生不仅要了解潮汐的规律，还要了解在哪里的哪一次落潮最好。当这样的落潮出现时，他会将采集工具都装进车里，带上罐子、瓶子、盘子和防腐剂，亲自到存放货物的海滩或岩礁或石崖边去。

这次的订单要的是小章鱼，它们最近的栖息地是拉霍亚一块遍布岩石的潮间带，处于洛杉矶和圣地亚哥之间。这趟旅途光单程就要五百英里，医生还必须掌控好时间，保证抵达时潮水正好退去。

小章鱼生活在埋入沙滩的岩石间。它们年纪幼小，个性怕生，喜欢住在满是缝隙的岩石底部，藏在泥里躲避捕食者，保护自己不被潮水冲走。这里同样还生活着上百万只石鳖。在为小章鱼订单忙碌的时候，医生可以顺便补充下石鳖的存货量。

这次落潮发生在周四早上五点十七分。如果医生周三一早就从蒙特利出发，要赶上周四的落潮时间绰绰有余。他本来想叫上别人一起去的，但大家都要么不在，要么有别的事要忙。麦克一伙正在卡梅尔谷抓青蛙。他认识并乐于为伴的三位女士都有工作，工作日抽不出空。画家亨利同样没时间，因为霍尔曼百货商店雇了个旗杆表演者，只不过他不是坐在旗杆顶上，而是在旗杆顶上滑冰。商店房顶上有根高高的旗杆，旗杆顶上搭了个圆形的小平台，那个人穿着旱冰鞋，在平台上一圈圈地滑。他已经在上面滑了三天三夜。他的目的是要打破在平台上滑旱冰的时间纪录，而之前最长的纪录是一百二十七小时，所以他还有不少时间要滑。

亨利在街对面莱德·威廉姆斯的加油站里扎了根。他对滑冰者感兴趣极了，想要画一幅巨大的抽象画，名字就叫《旗杆滑冰者的底层梦想》。只要滑冰者没下来，亨利就没法离开城镇。他断言，旗杆滑冰这一行为中蕴藏着无人挖掘过的哲学意义。亨利坐在一把椅子里，靠着身后的格子窗，窗内是莱德·威廉姆斯加油站的男厕所。他一直盯着高高在上的旱冰平台，当然没法跟医生去拉霍拉。医生只能自己去了，潮水可不等人。

一大早，医生就把东西都收拾好了。他的个人用品都装在一个小皮包里，另一只皮包则装了仪器和针管。收拾好行李后，他梳理修剪了棕色的胡须，确定铅笔都插在衬衫口袋里，放大镜也别在了翻领上。然后他把其他东西搬进了汽车的后备箱：托盘、瓶子、玻璃盘、防腐剂、橡胶靴，还有一条毯子。在珍珠般蒙蒙亮的天色中，他一直忙个不停，洗了积攒三天的碗，把垃圾放进了海浪里。最后他关上门，但没上锁，九点整准时上了路。

医生在路上花的时间总比别人长。他开车开得不快，每开一段时间就要停下车吃个汉堡包。开到灯塔大道时，他冲一只扭头看他的狗挥舞手臂，露出微笑。在蒙特利，他还没上路就饿了，在赫尔曼店里点了汉堡包和啤酒。他啃着汉堡包、呷着啤酒，脑海里闪过之前的一场对话。诗人布莱斯戴尔当时对他说："你太爱喝啤酒了。我打赌，你总有一天会点杯啤酒奶昔喝。"这只是一句玩笑，但自此之后就一直困扰着医生。他想知道啤酒奶昔到底是什么味道。这念头缠着他不放，让他不得安生，每当他点啤酒喝的时候就会重新出现。啤酒会让牛奶凝结吗？喝啤酒奶昔的时候要加糖吗？这就和大虾冰淇淋一样，一旦钻进头脑就再也难以忘记。他吃完汉堡包，给赫尔曼付了账，故意转开头，不去看后墙边那几台闪亮的奶昔机。医生心想：如果要点啤酒奶昔，最好还是等到了一个没人认识自己的小镇再点。可是如果有一个满脸胡须的陌生人点了啤酒奶昔——说不定本地人会报警。满脸胡须的陌生人本身就够可疑的了。你不能说是因为喜欢胡子才留胡子的，没人喜欢听实话。你只能说留胡子是为了遮住一道伤疤。以前在芝加哥大学的时候，医生非常喜欢找刺激，而且他工作得特别辛苦。有一天，他觉得应该出门徒步旅行，休息一下，就背上包走过了印第安纳、肯塔基、北卡罗来纳和乔治亚，进入了佛罗里达。他路过了好多农民和山区的住人，又路过了不少沼泽地带的居民和渔夫。每到一处，当地的人就会问他为什么要徒步在乡村穿行。

因为他喜欢真实的东西，他就说了实话。他说他太紧张了，想看看乡村的风景，闻闻大地的味道，欣赏草地、鸟群和树木，欣赏乡村的田野，而这一切只有徒步时才能感受到。没人喜欢听他讲实话。他们要么皱眉，要么摇摇头，用手拍拍脑袋，要么就大笑起来，仿佛在说他们知道他在撒谎，并且欣赏他的谎言。有些人担心他会对自家的猪或自家的女儿下手，叫他有脑子的话就离他们的地盘远点儿。

所以医生很快就不再说实话了。他说他徒步旅行是为了和人打赌，赌注是一百元。听他这么说，所有人都瞬间就喜欢上了他，也相信他的话，请他到家里吃饭留宿，留下饭菜给他当午饭，祝他旅途顺利，认为他是个不错的好人。医生仍然喜欢真实的东西，但他现在明白并非人人都和他一样。真实有时是位非常危险的情人。

在萨利纳斯，医生并没停下来买汉堡，但他在冈萨雷斯、国王城和帕索罗布尔斯都停了。在圣玛利亚，他吃了汉堡、喝了啤酒，汉堡还吃了两个，因为从那儿开到圣芭芭拉很远。到了圣芭芭拉，他喝了浓汤，吃了生菜四季豆沙拉、锅焙烧和土豆泥，然后又吃了菠萝派和蓝纹奶酪、喝了咖啡，都吃完后给车加满油，去了趟厕所。加油站帮他检查机油和轮胎的情况时，医生洗了把脸，梳理好胡须。等他回到车边，几个搭车客已经在那儿等他了。

"往南走吗，先生？"

医生经常开高速，在这方面是老手了。一定要非常仔细地挑选搭车客，最好能选个有经验的，因为这样的人往往会一路沉默。但新手也有好处，他们会尽量让谈话有趣一些，作为让他们搭车的答谢。曾经有这样的搭车客把医生的耳朵都聊出茧来。等你选好了想带一程的对象，为了保护自己，你最好说去的地方不远，这样万一发现应付不来，就可以让对方下车。另一种可能是你非常幸运，选中了一个非常值得结交的对象。医生迅速打量几个候选者，选了一个穿着蓝色西装、商人模样的男人。他脸型消瘦，嘴边有深深的皱纹，黑色的眼睛神色阴沉。

他不快地看着医生。"往南走吗，先生？"

"走，"医生说，"走得不远。"

"介意捎我一程吗?"

"上来吧!"医生说。

抵达文图拉时,离之前那顿丰盛的晚餐刚过不久,所以医生停车只是为了喝杯啤酒。搭车客上车后一个字也没说过。医生在路边小摊旁停了车。

"来杯啤酒吗?"

"不,"搭车客说,"我得说,在酒精影响下开车可不是什么好主意。你惜不惜命都不关我事,但现在你在开车,在喝醉了的司机手里,汽车可是件足以杀人的凶器。"

他刚开始说话的时候,医生还只是有点儿吃惊。"下车。"他轻声说。

"什么?"

"我要往你脸上揍一拳,"医生说,"如果我数到十你还不下车的话。一——二——三——"

男人慌张地摸索着车门把手,迅速钻出了车。下车后,他吼道:"我这就去找警察来逮捕你。"

医生打开仪表盘上的盒子,拿出一把活动扳手。男人瞧见他的动作,快步离开了。

医生生气地走向街边小摊。

女侍是位金发美女,带着轻微的大脖子病症状。她冲医生微笑:"来点儿什么?"

"啤酒奶昔。"医生说。

"什么?"

事已至此，管他呢。还不如就在这儿把这事了结。

金发女郎问道："你是在开玩笑吗？"

医生疲惫地心想，他不能认真解释，不能说实话。"我膀胱有点儿问题，"他说，"医生说是一种叫做两级切特斯通切除症候群的病，叫我喝啤酒奶昔。医嘱就这样。"

金发女郎露出安慰人的笑容。"哦！我还以为你是开玩笑呢，"她语气俏皮地说，"告诉我该怎么做吧。我不知道你病了。"

"病得很厉害，"医生说，"接下来还会更厉害。先倒些牛奶进去，再加半瓶啤酒。剩下半瓶给我直接倒在杯子里吧——啤酒奶昔不用加糖。"等她把啤酒奶昔端上来，他面无表情地尝了尝。味道不坏，喝起来就是过期啤酒加牛奶。

"听起来很难喝。"金发女郎说。

"习惯了就好，"医生说，"我已经喝了十七年了。"

18

医生开车的速度很慢，抵达文图拉时已经将近傍晚。因为速度实在太慢了，到卡本特利亚时他只吃了个奶酪三明治，去了趟厕所。他打算到了洛杉矶再正经吃晚饭，结果抵达洛杉矶时天已经黑了。他继续往前开，在他熟悉的一家长草区烤鸡连锁店停了车。他点了烤鸡、土豆丝、热曲奇浇蜂蜜、菠萝派和蓝纹奶酪，又让侍者往他的热水瓶里加满热咖啡，另外点了六个火腿三明治和两夸脱啤酒，当作第二天的早餐。

开夜车一点儿意思也没有。周围没有狗，只有前灯照亮的高速公路。医生加快了赶路的速度，到拉霍拉时已经半夜两点了。他穿过城镇开到悬崖边，下方就是他要去的潮滩。停车后，他吃了一个三明治，喝了些啤酒，关上车灯，在座位里蜷起身子睡着了。

医生不需要闹钟。他已经跟随潮汐的节奏工作了太久，即便在睡梦中也能感觉到潮水的变化。他在黎明时分醒来，透过挡风玻璃望向遍布岩石的潮滩，看到海水已经开始撤退。他喝了些热咖啡，吃了三个三明治，又喝了一夸脱啤酒。

潮水退去的速度几乎让人无法察觉。大块的岩石慢慢显出身形，看起来仿佛在逐渐升高。退去的海水留下一块块小水洼，留下潮湿的海草、青苔和海绵，留下棕色、蓝色、中国红等彩虹般的缤纷色彩。地上四处散落的海洋垃圾令人惊叹：破碎缺口的贝壳，小块骨骼，钳子和大螯。整个海底是一片了不起的墓地，活物在上面攀爬奔走。

医生套上橡胶靴，一丝不苟地戴好雨帽。他拿好桶、罐子和撬棍，把三明治和热水瓶分别放到两边的衣袋里，爬下悬崖，上了潮滩。然后他跟在后退的海水身后，开始工作。他用撬棍翻开岩石，另一只手不时迅速伸入底下积水的洞里，抓出一只小章鱼。章鱼愤怒地全身泛红，扭动着身体往他手里喷墨。然后他会把章鱼丢进装满海水的罐子里，和之前抓到的所有章鱼都放在一起。新来者总是非常生气，甚至开始攻击同伴。

这天的收获不错，医生总共抓到了二十二只小章鱼，还捡了几百只石鳖，都装进了木桶里。潮水继续退去，他继续跟随着海水的脚步往外走。清晨来临，太阳升了起来。潮滩的尽头离岸边足有两百尺，最远处有一排长满海草的大石头，标志着浅滩与深水的分界线。医生一直走到了最远处。他已经完成了这趟旅途的目标，剩下的时间就翻开石头看看底下，俯身细看潮池里如马赛克拼画般形形色色的生物，观察它们吐着泡泡四处奔走的生活。最后他来到了潮滩的尽头。皮革般质感的棕色海藻从石头上披散下来，一路垂入海水。红色的海星聚集在岩石上，上下涌动的海水冲撞着石头组成的屏障，等待着再次涌入潮滩。医生在两块海草丛生的石头间瞥见水下有一抹白色闪过，随即就被漂浮的海草遮住了。他爬到滑溜溜的石头上，站稳脚跟后伸出手，轻轻撩开棕色的海草，整个人随即都僵住了。一张女孩的脸仰望着他。她很漂亮，脸色苍白，头发漆黑。她睁着清澈的眼睛，脸色坚定，头发在水中轻柔地飘荡。她的身体隐藏在石缝里，在医生看不见的地方。她的嘴唇轻启，露出了牙齿，但脸上的表情只有舒适和安详。她躺的位置离水面不远，清澈的海水让这幅景象显得很美。医生凝望着这情景，感觉过了好几分钟，那张脸牢牢地定格在他的图像记忆中。

他慢慢抬起手，让棕色的海藻飘回原处，遮住了那张脸。医生感到自己的心脏狂跳，喉咙发紧。他拿起木桶、罐子和撬棍，脚步缓慢地走过滑溜溜的石头，走向沙滩。

女孩的脸一直浮现在他眼前。他在粗糙而干爽的沙滩上坐下，脱下靴子。罐子里的小章鱼挤在一起，都在尽量拉开彼此的距离。医生耳中有音乐响起，一阵又高又轻的甜美笛声，吹着他记不真切的旋律。在这旋律之上，还有一种潮汐般有规律的林间风声。笛音越来越高，进入了人耳所听不到的音域，继续吹着那段难以捉摸的旋律。医生的胳膊上起了鸡皮疙瘩。他打了个寒噤，因看到宏伟的美而双眼潮湿。那个女孩的眼睛是灰色的，非常清澈，头上的黑发缓缓飘动，拂过她的脸庞。那幅场景将永远定格。医生坐在原地不动，回涨的潮水拍打着礁石，往回飞溅。他坐在沙滩上听着那阵音乐，海水再次涌入这片潮滩。他的手不自觉地敲打着乐曲的节奏，令人恐惧的笛声在他的脑海中继续回荡。那双眼睛是灰色的，那张嘴带着些许笑意，又或许是在极乐中打算深吸一口气。

旁边传来的声音惊醒了医生。一个男人站在旁边低头看着他。"钓鱼呢？"

"不，采集标本。"

"哦——这都是什么？"

"章鱼幼体。"

"乌贼啊？我都不知道有这玩意。我在这儿生活了一辈子了。"

"要寻找才能看得到。"医生无精打采地说。

"我说，"男人说，"你还好吗？你好像病了。"

笛声再次升高，下方有大提琴的弦音响起，海水朝沙滩涌来。医生摇摇头驱散了音乐，驱散了那张脸，驱散了身体里的寒意。"这附近有警察局吗？"

"往上走，在城里。怎么了，出什么事了？"

"礁石那边有一具尸体。"

"哪儿?"

"就在那边——夹在两块石头中间。是个女孩。"

"话说——"男人说,"发现尸体有奖金可拿。我忘了有多少钱了。"

医生站起身,收拾好所有工具。"你想去报案吗?我不是很舒服。"

"吓到你了吧?情况怎么样——很糟糕吗?有没有腐烂,被吃得差不多了?"

医生转身走开。"你去领奖金吧,"他说,"我不要。"他走向汽车,头脑里的笛声变得几不可闻。

19

在霍尔曼百货商店做过的所有宣传活动里,恐怕没有哪一次像旗杆旱冰一样得到了如此多的好评。滑旱冰的日复一日待在圆形小平台上,即便是晚上也滑个不停,在夜空的衬托下显出一个黑影,让大家知道他没有下来过。但人们普遍相信,晚上平台中间会升起一根铁棍,让滑旱冰的把自己绑在上面。不管怎么说,他从来没有坐下来过,没人介意那根铁棍。四面八方都有人慕名来看他,有从詹姆斯堡来的,最远的来自南边的格莱姆斯角。塞利纳斯的人成群结队地来,当地的农民商会还进行了集资,想邀请滑旱冰的下次去他们那儿表演,打破自己的纪录,把新的世界纪录献给塞利纳斯。本来就没有多少个旗杆旱冰表演者,这一位又是其中毋庸置疑最优秀的,在过去一年里,他基本都在忙着打破自己创下的世界纪录。

霍尔曼商店乐坏了,同时举办了白色促销、清仓促销、铝具促销和餐具促销活动。成群的人站在街上,凝望着平台上孤独的男人。

上旱冰台的第二天,滑旱冰的就捎下话来,说有人拿气枪打他。商店的展示部门好好动了动脑子,根据角度判断出了作案人:是梅里维尔老医生躲在办公室的窗帘后面干的,用的是戴西牌空气步枪。展示部门没有把他的事公布于众,他也承诺不会再这么做了。他在当地的共济会分会里颇有声望。

画家亨利一直坐在莱德·威廉姆斯加油站的那把椅子里。他思考了所有可以用来分析这一状况的哲学角度,最后得出结论:他要回家建个平台,自己也试试看。城里所有人都或多或少受了旱冰表演的影响。在看不见表演的地方,生意变得十分惨淡,而离霍尔曼商店的距离越近,生意也就越好。麦克一伙也到现场看了一会儿,不久就回了宫殿。他们没觉得这有什么可看。

霍尔曼商店在橱窗里摆了一张双人床。等滑旱冰的打破了世界纪录,他会从平台上下来,直接在橱窗里睡上一觉,旱冰鞋都不用脱。床脚处摆了张小卡片,上面写着床垫的牌子。

整个城镇都对这项体育活动着了迷,引发了不少讨论,但没人提起其中最惹人兴致、让所有人都为之烦恼的话题。没人把这问题说出口,但它挂在每个人心上。特洛莱特太太抱着一袋小甜面包走出苏格兰面包店,心里想着这个问题。豪尔先生站在男性服饰用品部,心里也在想这个问题。威洛比家的三个姑娘一想起这个问题就咯咯发笑。尽管如此,没有一个人有勇气把这问题问出来。

理查德·弗罗斯特是位非常敏感而聪慧的年轻人。对这个问题,他比其他任何人都上心,无时无刻不在思索。周三晚上,他忧心忡忡;周四晚上,他坐立不安。周五晚上,他喝醉了酒,和老婆吵了一架。他老婆哭了一会儿,假装自己睡着了,听见理查德轻轻溜下床,进了厨房。他又喝了杯酒。然后她听见他蹑手蹑脚地穿好衣服,出了门。于是她忍不住又哭了一会儿。时间很晚了,弗罗斯特太太确信他是要去朵拉的熊旗餐厅。

理查德坚定地穿过松树林下山,走上了灯塔大道,然后左转走向霍尔曼商店。他兜里还装着一瓶酒。快走到商店前面时,他掏出酒瓶喝了一口。街灯调得昏暗,街上空荡荡的,一点儿动静都没有。理查德站在街道中央,仰起了头。

高高的旗杆上有个孤独的身影,是滑旱冰的人。理查德又喝了口酒,然后把双手拢在嘴边,声音嘶哑地喊道:"嘿!"没有回答。"嘿!"他喊得更响了,随即环顾四周,看有没有警察从银行隔壁冒出来。

空中传来不情愿的回答:"干吗?"

理查德又拢起双手。"你是——你是怎么——上厕所的?"

"我这儿有个罐子。"空中的声音说。

理查德转过身,开始原路返回。他走过灯塔大道,穿过松树林,回到自己家进了门。他重新脱下衣服,知道老婆还醒着。她睡着的时候总会发出吐泡泡的声音。他钻回床上,她挪了挪身体给他让出地方。

"他那儿有个罐子。"理查德说。

20

不到中午,T型车胜利地回到了罐头厂街,跃过水沟,吱呀作响地穿过李忠杂货店后丛生的杂草,开回到了原本的位置上。一行人垫高了前轮,把剩下的汽油倒进五加仑的汽油罐,拿上抓到的青蛙,疲惫地回了宫殿旅舍。然后麦克仪式性地去了趟李忠的店,其他人则在大炉子里生了火。麦克带着骄傲感谢李忠把车借给他们。他讲起这趟旅途有多么的成功,讲起抓到的好几百只青蛙。李忠露出保留的微笑,等待着不可避免的后续套路。

"我们赚大了,"麦克激情洋溢地说,"医生给每只青蛙付五美分,我们抓了差不多一千只。"

李忠点点头。这是众人皆知的标准价。

"医生出远门了,"麦克说,"老天爷,等他见到这么多青蛙,他该有多开心。"

李忠又点点头。他知道医生出门了,也知道这场对话接下来会如何发展。

"对了,话说,"麦克说,好像这是他刚刚才想到的,"我们现在手头稍微有点儿紧——"他的语气仿佛这是种很不常见的情况。

"威士忌不行。"李忠说,微微一笑。

麦克气坏了。"我们要威士忌干吗?我们有一加仑上好的威士忌,你绝对没沾过那么好的威士忌——他妈的整整一加仑。话说,"他继续说,"伙计们都想叫你过去,跟我们喝上一杯。他们叫我来请你。"

虽然李忠没那个心情,他还是忍不住露出了愉快的微笑。如果他们没酒,他们绝对不会这么吹。

"哎,"麦克说,"我就明说了吧。我和伙计们手头有点儿紧,我们也都饿了。你也清楚,青蛙的价钱是二十只一元。可医生现在不在,我们又饿着肚子,所以我们是这么想的。我们也不想给你造成损失,所以我们可以给你二十五只一元。这样你就能赚上五只青蛙的利润,没损失。"

"不,"李忠说,"钱不行。"

"哎,老天,李,我们只要一点儿吃的。跟你说实话,等医生回来,我们想给他办个聚会。我们有不少酒,但还想弄点儿牛排之类的。毕竟他人这么好。老天,你老婆牙坏了的时候,是谁给她鸦片酊的?"

麦克成功地将了李忠一军。李忠确实欠医生的人情,欠得不少。但李忠不明白的是,他欠医生人情怎么就能变成让麦克赊账的理由。

"我们也不想拿青蛙做什么抵押,"麦克继续说,"你给的东西值多少钱,我们就送多少倍的二十五只青蛙过来,直接送到你手里。你也可以来参加聚会。"

李忠的头脑反复检阅着麦克的提议,像是奶酪板上东嗅西嗅的老鼠。他想不出有什么问题，整件事都那么合理。青蛙在医生那儿确实能直接换钱，价格是众所周知的，李忠还可以赚到双份利润：既有五只青蛙的转卖价，又有麦克一伙的赊账。唯一的疑问是他们到底有没有抓到青蛙。

"看看青蛙去。"最后李忠说。

在宫殿门口，他喝了一杯麦克他们的威士忌，检查了装满青蛙的湿麻袋，同意了这桩交易。但他提出，他不要死青蛙。麦克数出五十只青蛙装进罐子，和李忠一起回到店里，拿了价值两元钱的培根、鸡蛋和面包。

李忠预想到接下来店里会有不少生意。他拿了只大箱子摆到放蔬菜的位置上，把五十只青蛙都倒进去，上面盖了只湿哒哒的麻袋，让底下的囚犯们满意。

之后店里确实来了不少生意。艾迪慢悠悠地走下来，要了值两只青蛙的德拉姆牛烟草。没过多久，琼斯发了火，因为可口可乐的价格从一只青蛙涨到了两只青蛙。各种价格随着时间不断上涨，引起越来越多的不满——比如说牛排，最高级的牛排也超不过一磅十只青蛙，李忠却要到了十二只半。桃子罐头更是卖出了惊天价，一个二号罐头就要八只青蛙。李忠对这几位顾客形成了结结实实的垄断，他知道廉价集市和霍尔曼商店都不会赞成这种新货币系统。麦克一伙也知道，如果他们想要牛排，他们就得给李忠付高价。不满情绪最强烈的是海瑟，他想要一对黄色的丝质臂带，而且已经渴望了很久，结果李忠说如果他不想付三十五只青蛙，他完全可以另找别家。贪婪的毒药已经开始渗入这桩原本单纯美好的交易，顾客们的积怨越来越深。但李忠箱子里的青蛙也越堆越多了。

麦克一伙并不会因为金钱上的事记恨太久，因为他们不是商人。他们不会用卖出多少货物来衡量愉悦，不会用账户余额来评估自尊，也不会用成本来计算爱。虽然李忠造成的价格上涨，或者说价格飞跃让他们有些烦心，对他们而言，更重要的是价值两元的培根和鸡蛋已经在肚子里了，底下是一口上好的威士忌，上面又浇了另一口上好的威士忌。他们待在自己的房子里，坐在各自的椅子里，看着"宠儿"学习直接从沙丁鱼罐头里喝罐装奶。"宠儿"是只非常快乐的狗，命里注定也会一直这么快乐下去，因为看管它的五个人有五种截然不同、互相矛盾的驯狗理论，以至于"宠儿"得不到任何真正的训练。它原本就是只早熟的母狗。最后一次给它好处的人是谁，它就睡在谁的床上。男人们为了它而出手偷窃，抢着要赢得它的欢心。偶尔五个人也会达成一致意见，觉得不能再这样下去，该对"宠儿"进行一番管教，但就在讨论具体方法的时候，原本的一致意见总会烟消云散。他们都爱"宠儿"，觉得它留在地板上的尿渍特别可爱，并对熟人不停地讲起它的可爱之处，一直讲到对方厌烦。他们给的食物简直能杀死它，"宠儿"全靠自己的常识才幸免于难。

琼斯在老爷钟的底座里做了个窝，但"宠儿"从来不睡，而是随心情睡在他们某个人的床上。它会啃毯子，扯烂床垫，把枕头里的羽毛撒得到处都是。它对他们卖好争宠，让五个主人互相争来斗去，还觉得它迷人极了。麦克想教它一些把戏，到外面表演杂耍，但他连不能随地大小便都没教好它。

整个下午，五个人坐在屋里抽着烟，消化着午餐，思考着，偶尔拿过酒罐，谨慎地喝上一口。每次他们都会互相提醒千万别喝太多，这毕竟是为了医生而准备的，可不能忘记这一点。

"你觉得他几点能回来？"艾迪问道。

"一般都是晚上八九点吧，"麦克说，"咱们得想想，聚会要什么时候办。我觉得应该今晚就办。"

"当然。"其他人都同意了。

"也许他会很累，"海瑟提出意见，"开回来路可挺长的。"

"去他的，"琼斯说，"没有比聚会更能让人放松了。我有一次累得像狗，裤子都拖到地上了，然后我去参加了个聚会，就没事了。"

"我们可得好好想想，"麦克说，"在哪儿办好——这里？"

"嗯，医生，他喜欢他那些音乐，聚会时总拿留声机放音乐。也许在他那儿办，他会更开心。"

"你说的有道理，"麦克说，"但我想这应该是个惊喜，怎么才能显得更像是惊喜，而不只是我们带了一罐威士忌过去？"

"来点儿装饰怎么样？"修伊提议，"就像独立日啊，万圣节什么的那样。"

麦克的眼神放空了。他微微张着嘴，似乎已经看见了一切该怎么安排。"修伊，"他说，"你说得很对。我没想到你能想出这主意，老天爷，你这枪可真打到点子上了。"他的声音变得柔和起来，双眼仿佛凝视着未来。"都在我眼前呢，"他说，"医生到家了。

他累坏了。他开到了门口。屋里所有的灯都亮着,他以为有小偷闯进去了。他上了楼梯,老天爷,家里到处都是装饰,有绉纹纸,有小礼物,还有一个大蛋糕。老天爷,这样他就知道这是一场聚会了,而且不是老鼠放屁那样的小玩意。我们都躲了起来,所以他暂时不知道是谁搞的。然后我们就大喊着跳出来。瞧见他脸上的表情了吗?老天爷,修伊,真不知道你是怎么想到的。"

修伊脸红了。他设想的场景要比麦克说的保守许多,基本照搬了拉·易达的新年聚会,但既然麦克想成了这样,修伊也不介意当作是他的主意。"我就是觉得这样应该不错。"他说。

"嗯,确实不错,"麦克说,"跟你说,等惊喜劲儿过去了,我会告诉医生这是谁想出来的。"几个人向后靠在椅子上,思考着整件事。在他们的脑海中,装饰后的实验室看起来就像是蒙特酒店的温室。为了好好品味这一计划,他们又喝了两杯酒。

李忠开店的方式相当不同凡响。比如说,大多数店铺都会在十月份购买黄色和黑色的绉纹纸、黑纸做的猫、面具和南瓜纸模。万圣节期间,这些商品卖得很好,但之后就全部消失不见。也许是卖光了,也许是扔掉了,但总之六月肯定是买不到的。独立日的商品也一样,国旗啦、彩旗啦、流星焰火啦,一月的时候它们去哪儿了?消失了,没人知道去了哪里。李忠就不一样。在李忠的店里,你可以在十一月买到情人节商品,在八月买到圣帕特里克节的三叶草、总统日用的小斧头和樱桃树纸模。店里还放着他在一九二〇年进的爆竹。最大的疑问之一是他把这些商品都摆在哪里——杂货店本身并不大。店里还有一些泳衣,是从长裙、黑色长筒袜和头巾流行的年代留下的；有骑自行车时的裤管夹，有梭子，有麻将牌，有写着"纪念缅因号"的徽章，纪念"战斗的鲍勃"的毡布三角旗，还有来自巴拿马太平洋国际博览会的纪念品，一些用矿石做的小塔。除此之外，李忠做生意的方式还有一个与众不同之处：他从不做促销活动，从不减价，从不进行清仓甩卖。一九一二年卖三十美分的小物件现在还卖三十美分，尽管老鼠和蛾子可能已经降低了它的价值。无论怎样，事情是毫无疑问的：如果想普通地装饰下实验室，不特别强调季节，也不让人误会这是农神节与万国旗盛会的杂交聚会，李忠杂货店就是你该去的地方。

麦克一伙对此都心知肚明。麦克说："要去哪儿买大蛋糕呢？李那儿只有面包店那种小蛋糕。"

修伊之前的提议太过成功，他忍不住又试了一次。"艾迪烤一个怎么样？"他说，"艾迪以前不是在圣卡洛斯干过油炸师傅吗。"

等这提议引起的热情消退后，艾迪承认他从来没烤过蛋糕。

麦克提出这建议具有感情价值。"这对医生来说会更有意义，"他说，"不是买来的那种软塌塌的破蛋糕。我们的心意都在里面。"

随着下午逐渐流逝，威士忌一口一口地减少，几个人的热情也越来越高。他们轮流往李忠的店里跑。装青蛙的麻袋空了一个，李忠的箱子越来越满。到了下午六点，他们喝光了那罐威士忌，开始以十五只青蛙一瓶的价格买起半品脱装的老网球鞋。宫殿旅舍的地板上堆满了装饰材料：足有好几英里长的绉纹纸，庆祝各种节日的都有，有些还在流行，有些则已经遭人遗弃。

艾迪像老母鸡一样紧密看管着火炉。他在用洗脸盆烤蛋糕。酥油的生产公司保证这食谱万无一失，但蛋糕从一开始就表现古怪。面糊制作完成时，它翻腾搅动，发出喘气般的声音，仿佛里面有什么动物在扭动爬行。进烤箱后，面糊里冒出了一个棒球大小的气泡，表面变得越来越有张力、越来越闪亮，最后随着一声嘶嘶作响破掉了。剩下的面糊出现了一个大洞，于是艾迪又重新搅了一盆面糊，倒进去填平了洞。现在这个蛋糕更加诡异了：它的底部已经烧糊了，不断冒出黑烟，顶部却还像黏胶一样，随着一系列小型爆炸不断地升起又落下。

等艾迪终于把蛋糕拿出火炉进行冷却，它看起来就像是贝尔·格迪斯设计的迷你雕塑，描绘着火山熔岩上的战场。

蛋糕的命运很不幸。当几个人忙着装饰实验室的时候，"宠儿"跑来吃掉了蛋糕的一大部分，随即吐在了上面，然后蜷起身躺在尚留余温的面团上睡着了。

但麦克一伙还是搬上绉纹纸、面具、扫帚和南瓜纸模，还有红色、白色和蓝色的彩旗，穿过空地，过街进了实验室。他们用最后一些青蛙换了一品脱老网球鞋和两加仑的四十九美分的葡萄酒。

"医生爱喝葡萄酒，"麦克说，"我看比威士忌都爱喝。"

医生从来不锁实验室的门。他对此有一番理论：真正想闯进实验室的人开个锁小菜一碟，人们说到底都是诚实的，何况实验室里也没有什么会让一般人想偷的东西。值钱的只有书和唱片、手术器具和光学玻璃，诸如此类。务实的小偷连看也不会看上第二眼。对于窃贼、抢劫犯和有盗窃癖的人来说，他的理论一直都很有效，但却防不住他的朋友。书经常被人"借走"，豆子罐头在他出门的时候也会全体失踪。还有好几次，当他晚归的时候，已经有不请自来的客人霸占了他的床。

几个人把装饰品堆到前厅里，但随即麦克就阻止了他们。"什么东西最能让医生感到开心？"他问。

"聚会！"海瑟说。

"不对。"麦克说。

"装饰？"修伊说。他觉得自己对装饰品负有责任。

"不对，"麦克说，"是青蛙。青蛙才是最让他高兴的。等他回到这儿，李忠也许已经关店了，那他就得等到明天才能看见青蛙了。这可不行。"麦克抬高了声音："青蛙也应该在这儿，就摆在房间正中央，上面插面小旗，再来条标语，写上'医生，欢迎回家'。"

负责说服李忠的小队遇到了严峻的反对。李忠多疑的头脑里冒出一个又一个的可能性。麦克一伙解释说李忠也应该来参加聚会，这样他就可以好好看着自己的财物了，没人会质疑青蛙是不是他的。为了保险，麦克写了张纸，把青蛙的所有权转给了李忠。

等李忠的抗议变得没那么激烈了，他们把装青蛙的箱子扛进了实验室，在上面插了红色、白色、蓝色的彩旗，用碘伏在卡片上写了大大的标语，然后才开始装饰整个实验室。这时他们已经喝完了所有的威士忌，所有人都沉浸在庆祝的欢乐情绪里。他们将绉纹纸十字交叉绑在一起，把南瓜挂了起来。街上的过路人也加入了这场聚会,跑到李忠店里买酒喝。李忠也过来待了一会儿,但他的胃众所皆知地虚弱,很快就感到不舒服,回家了。晚上十一点,他们煎了牛排,吃掉了。有人在唱片堆里找了张贝西伯爵的爵士乐,留声机大声唱了起来,从造船厂到拉·易达都能听见。熊旗餐厅的一群顾客误以为西部生物实验室也是熊旗的同行,欢呼着奔上楼梯,最后被生气的主人赶了出去。赶出去之前,两伙人开开心心地打了漫长的一架,打掉了前门,还打碎了两扇窗户。玻璃罐碰撞的声音并不好听。海瑟穿过厨房去厕所,路上碰翻了煎锅,热油倒了自己一身,地板都烫坏了。

半夜一点半,一个醉汉进了门,说了句对医生大为不敬的话。麦克扇了他一耳光,这一耳光至今仍有人记得,仍是人们讨论的话题。醉汉被扇得整个人都飞起来,在空中划出一道不大的弧线,摔倒在箱子上,落在青蛙中间。旁边正在换唱片的人没拿稳拾音臂,摔坏了上面的石英针。

没人研究过聚会走向尾声时的心理变化。它也许会咆哮、狂吼、怒火中烧,但热度随即冷却,一阵短暂的沉默过后,它一转眼就结束了。客人们有的回家,有的睡着了,有的去参加别的活动了,原地只留下聚会的尸体。

实验室灯光明亮,前门歪在一边,只剩下一条铰链还连在墙上。地板上到处都是碎玻璃。留声机的唱片扔得到处都是,有些碎了,有些磕出了口子。吃剩的盘子有的摆在地上,有的放在书架顶上,还有的塞在床下,里面只剩下牛排的小片边角和凝结的油脂。威士忌酒杯悲哀地倒成一片。不知是谁想要攀爬书架,结果扯出了一大排书，乱七八糟地掉在地上，书脊七扭八歪。聚会结束了，留下的只有空虚。

一只青蛙透过撞坏的箱子角跳了出来，坐在上面，感知着周围的危险。马上有第二只青蛙跳到了它身边。它们能闻见从门口和破碎窗户吹入的潮湿而凉爽的空气。其中一只坐在了写着"医生，欢迎回家"的卡片上。然后两只青蛙开始谨慎地跳向门口。

一条由青蛙组成的小河淌下楼梯，旋转着向前流动。这样的情景持续了相当长的一段时间。罐头厂街上爬满了青蛙，简直可以说是青蛙成灾。一位晚来的顾客乘坐出租车去熊旗餐厅，路上压死了五只青蛙。但不等天亮，所有的青蛙就都消失了。有些钻进了下水道，有些上山去了水库，有些进了暗渠，还有些就躲在空地上的杂草丛里。

实验室里灯火通明，空荡而安静。

21

在实验室的里屋，白老鼠在笼子里跑来跑去，尖声叫着左窜右窜。角落里的另一只笼子里，母老鼠躺在一群还没长毛的幼崽边上让它们吸奶，紧张而充满敌意地瞪着周围。

在响尾蛇笼里，几条蛇把头搭在盘成圈的身体上，用灰蒙蒙的黑眼睛怒视前方。另一个笼子里是皮肤像珠绣包一样的大毒蜥，它慢慢站起身来，伸爪缓慢而沉重地拨拉笼子的铁网。水池里的海葵完全绽放，露出绿色和紫色的触手，还有淡绿色的腹部。小型海水泵轻声运转，喷出针一样细的水流，嘶嘶作响着打入水缸，激起一条条成串的小气泡。

正值珍珠色的凌晨时分。李忠把垃圾桶拉到了马路边。熊旗餐厅的保镖站在门廊前，挠着自己的肚子。萨姆·马洛伊从锅炉里钻出来，坐在木头上，望向东方逐渐发白的天空。霍普金斯海洋研究站附近的礁石那边传来海狮单调重复的叫声。中国老头从海里回来了，提着淌水的篮子，随着啪嗒啪嗒的脚步声走上了山。

一辆车拐上了罐头厂街，医生回来了。他把车开到了实验室门前。他的双眼因疲惫而通红，动作也因疲惫而迟缓。车停好后，他一动不动地坐了片刻，让经过一路颠簸的神经得以平息。然后他下了车。听到他走上楼梯的脚步声，响尾蛇纷纷探出舌头，颤动着分叉的舌头仔细感知。老鼠在笼子里发疯似的跑来跑去。医生走上了楼梯。他奇怪地看了看歪在一边的前门，又看了看破碎的窗户。他似乎忘记了自己的疲惫，快步走进了门，然后在各个房间之间快步穿行，绕开地上的碎玻璃。他迅速弯下身去，捡起一张摔碎的唱片，看了看上面的标题。

厨房里，洒在地上的油渍已经变白了。医生的眼睛因愤怒而发红。他在沙发上坐了下来，头僵在双肩中间，身体在怒火中微微发抖。他突然跳起身，打开了留声机的电源，摆上一张唱片，将拾音臂放下来。扬声器里传出了一阵巨大的嘶嘶声。医生抬起拾音臂，停下转台，又重新在沙发上坐了下来。

楼梯上传来笨拙而犹豫的脚步声，麦克走进了门，一张脸涨得通红。他在房间中央不知所措地站住了。"医生——"他说，"我和伙计们——"

一开始，医生似乎根本没有看见他，但随即就跳了起来。麦克向后退了几步。"是你们干的吗？"

"呃，我和伙计们——"医生挥出体积不大的拳头，擦过了麦克的嘴角。医生的眼睛里放出动物般愤怒的红光。麦克重重地坐倒在地。医生的拳头又重又狠。麦克的嘴唇裂开了，一颗门牙向里歪了进去。"给我起来！"医生说。

麦克挣扎着站了起来，双手垂在身侧。医生又打了他一拳，用一种经过计算、惩罚性的冷酷打法，仍然打在嘴角边。鲜血从麦克的嘴边涌出，流过下巴。他忍不住舔了舔嘴唇。

"举起手来。回手啊，你个杂种。"医生吼道，又打了一拳，听见牙齿断裂的清响。

麦克的头猛晃了一下，但他已经准备好了，没再摔倒。他的双手仍然垂在身侧。"继续打吧，医生，"他用裂开的嘴唇含糊不清地说，"是我活该。"

医生的肩膀无奈地泄了气。"你个杂种，"他苦涩地说，"你个该死的杂种。"他在沙发上坐下来，低头看着自己开裂的手指关节。

麦克找了把椅子坐下，看着医生。麦克的眼睛瞪得老大，充满疼痛。他连下巴上流的血都没伸手去擦。医生头脑里开始放起蒙特威尔第的《此刻万籁俱寂》，比特拉克唱着对劳拉那无比悲哀又无可奈何的悼念之情。透过头脑中和空中的音乐，医生看着麦克的嘴。麦克一动不动地坐着，仿佛也能听见那乐声一样。医生瞥了眼蒙特威尔第专辑所在的地方，随即想起留声机坏了。

他站了起来。"洗把脸吧。"他说，走出门，下了楼梯，过街去了李忠的店。李忠不敢正眼看他，只是从冰柜里拿出两品脱啤酒，然后一言不发地接过了钱。医生穿回街道，回到了实验室。

麦克在厕所里，用厨房纸接水擦净了脸上的血。医生打开一瓶啤酒，动作轻柔地将酒倒入酒杯，拿瓶子的角度使所有细小的泡沫都升到了表面。他倒满了两个高脚杯，端上酒回了前厅。麦克用湿纸巾抿着嘴角回来了。医生歪头示意酒杯。麦克张大嘴，一口气倒了半杯啤酒下肚，中途都没停下来吞咽。他突然重重地叹了口气，盯着啤酒看。医生已经喝完了自己那杯，去厨房拿了酒瓶回来，再次把两个杯子都倒满，然后在沙发上坐下来。

"到底是怎么回事？"他问。

麦克低头看着地板，一滴血从嘴角滑落，滴入了啤酒里。他又用纸巾擦了擦开裂的嘴。"我和伙计们想给你办一场聚会。我们以为你昨晚就能回来。"

医生点了点头。"这样啊。"

"结果就一发不可收拾了，"麦克说，"我很抱歉，但说这也没用，我这一辈子都在抱歉。这已经不是什么新闻了。一直都是这样。"他喝了一大口酒。"我以前有老婆，"麦克说，"一模一样。不管我做什么，到头来都是一团糟。后来她再也受不了了。就算我做了一件好事，回头它也会变成毒药。如果我送她礼物，最后总是有什么地方不对，她在我这儿只会受到伤害。不管到哪儿都是一样的，结果我就只能当个小丑。除了当小丑，我什么事也不干了，就只是尽力让伙计们发笑。"

医生又点点头。音乐再次在他耳中响起，哀怨与认命难舍难分。"我知道。"他说。

"你揍我的时候，我挺高兴的，"麦克继续说，"我心里想啊，'也许这样我就长教训了。也许这次我会记得。'可是啊，见鬼，我什么也不会记得。我什么也学不会。医生，"麦克叫道，"在我的想象中，我们都挺快乐，很享受，你也挺开心，因为我们给你办了场聚会。我们也很开心。在我的想象中，这是场不错的聚会。"他冲地板上的狼藉场面挥了下手。"跟我老婆也是一样。我会为她而仔细考虑，然后——然后事情从来都不是我想象中那样。"

"我知道。"医生说。他打开第二品脱啤酒，倒满了两个杯子。

"医生，"麦克说，"我和伙计们会帮你打扫干净，打碎的东西我们也会赔。就算要还上五年，我们也会还完。"

医生缓慢地摇了摇头，抬手擦去胡须上的啤酒泡沫。"不，"他说，"我来打扫。我知道什么东西该放在哪儿。"

"我们会赔你的，医生。"

"不，你不会的，麦克，"医生说，"你会想着要赔我，为此烦恼很久，但你赔不了我。光是碎掉的博物馆玻璃就要大概三百元。别说你会赔我，那样只会让你自己不得安生，可能要过两三年才会忘了这件事，恢复原来的无忧无虑。反正你也赔不了。"

"我想你说得没错，"麦克说，"该死的老天爷，我知道你说得对。我们还能做些什么？"

"没事了，"医生说，"这些酒一入喉，我的火就灭了。把这事忘了吧。"

麦克喝完啤酒,站起身来。"回头见,医生。"他说。

"回头见。话说,麦克,你老婆后来怎么样了?"

"不知道,"麦克说,"她跑了。"他脚步笨拙地走下楼梯,穿过街道,越过空地,沿着羊肠小道走向宫殿旅舍。医生透过窗户望着他逐渐远去,然后疲惫地拿出热水器后面的扫帚。他花了整整一天才把实验室打扫干净。

22

画家亨利不是法国人,他的名字也不叫亨利。除此之外,他也不是真的画家。亨利全身心地沉浸在各种关于巴黎左岸的故事里,直到他整个人都生活在那里,虽然他从来没去过巴黎。他如饥似渴地阅读着杂志上的各种报道:达达主义者的运动和分裂,各派之间出奇女性化的嫉妒和宗教性,不断形成又解体的各种流派的蒙昧主义。他会定期舍弃过时的技巧和工具。有一次,他在整整一个季度的时间里彻底抛弃了透视。另外一次,他抛弃了红色,甚至包括由它生出的紫色。最后他干脆放弃了绘画。没人知道亨利到底是不是一个优秀的画家,因为他总是全身心地投入某一项运动,很少有时间进行任何种类的绘画。

他的画总是引来不少质疑。对着不同颜色的鸡毛和贝壳,你很难评判出个好坏。但在造船这方面,他的水平无人能敌。亨利是个了不起的工匠。多年前,当他刚刚开始造船的时候,他住在一顶帐篷里。等船舱和船上的厨房造好,他就搬了进去。不过,一旦确保了干燥的容身之处,他造船的速度就慢了下来。这艘船与其说是造出来的,不如说是雕刻出来的。船身长达三十五英尺,轮廓总是不断地变来变去。曾经有一段时间,它像驱逐舰一样有飞剪式的船头和扇形船尾;另一段时间里,它看起来则像艘卡拉维尔帆船。亨利没什么钱,有时候要用几个月才能找到一块船板,或者一块铁皮,或者十几个黄铜钉。这正是他想要的造船方式,因为亨利根本不想完成他的船。

船一直放在一块空地的几棵松树之间,这块地是亨利每年花五元租下的。这样可以用来交税,让地皮的主人满意。船下面有支船架,再下面则是混凝土地基。亨利不在家的时候,船侧会垂下一条绳梯,亨利在家时会把它拉上去,当有客人的时候才放下来。狭小的船舱里装有铺着垫子的宽敞座位,座位横跨船舱的三面墙。他就睡在这条长座上,来访的客人也同样坐在这里。有张折叠桌可以在需要的时候放下来,天花板上垂着一盏黄铜提灯。船上的厨房小巧得令人惊叹,里面每件物品都是经过好几个月思考和努力的结晶。

亨利肤色黝黑,气质忧郁。他总是戴着一顶早已过时的贝雷帽,抽着葫芦烟斗,黑色的头发胡乱披散在脸上。亨利有不少朋友,他把他们简单地分为两类:可以养活他的和要靠他来养的。他的船没有名字。亨利说他要等船造好了再起名。

亨利一边在船上生活、一边继续造船,这样的情况已经持续了十年。在这十年里,他结过两次婚,还有过数次半永久的恋爱关系。这些年轻女人离开他的原因都一样：七英尺长的船舱不够两个人生活。她们不喜欢站起身时磕到头，也都觉得有必要建个厕所。水上厕所显然无法满足一艘在陆地上的船，亨利又不肯妥协于一个陆上用的厕所，他和每一任爱人都只能到松树林里去解手。就这样，一个又一个的爱人相继离开了他。

在他称为爱丽丝的女孩离开后，亨利身上发生了一件奇特的事。每当他变成单身一人，亨利都会认真地哀悼片刻，但他心里所感觉到的其实是一种如释重负。他又可以在船舱里尽情舒展身体了，可以想吃什么就吃什么，可以暂时摆脱女性那没完没了的生理功能。

他逐渐养成了一个新习惯。每次被女人抛弃后，他都会买上一加仑葡萄酒，在坚硬而舒适的座位上躺下来，舒展身体，大醉一场。有时他会独自哭上一会儿，但那是一种奢侈。一般而言，他都会感觉良好。他会带着糟糕的口音大声朗读兰波的作品，并为自己流畅的演讲而陶醉。

这件奇特的事情发生时，他正为爱丽丝而进行仪式性的哀悼活动。已经是半夜了，在提灯的火光下，亨利才刚开始有点儿醉意。突然，他意识到自己并非独身一人。他的目光谨慎地向上移动，看见船舱对面坐着一个恶魔般的年轻男人。年轻人肤色黝黑，长相英俊，眼睛发出聪慧的光芒，充满精神与活力，牙齿在光下闪闪发光。他的脸看起来非常可亲，同时又非常可怕。他身边坐着个金发小男孩，年龄很小，跟婴儿差不多。男人低头看着婴儿，婴儿抬头回视男人，随即开心地大笑起来，仿佛即将有什么好事发生。男人转头望向亨利,微微一笑,又回头望向小男孩。他从马甲左上侧的口袋里拿出了一把老式直刃剃刀。他打开剃刀,歪头向婴儿示意。然后他伸出一只手搭在婴儿的卷发上,婴儿开心地咯咯笑着。男人歪了下头,用剃刀划开了婴儿的喉咙,婴儿仍然笑个不停。亨利发出恐惧的吼声。过了很久他才意识到,男人和婴儿都早已消失不见。

等双手的颤抖稍作平息,亨利冲出了船舱,跃过船舷,快步穿过松树林下了山。他一连走了好几个小时,最后走到了罐头厂街。

亨利闯进门的时候,医生正在地下室处理猫的标本。医生一边工作,一边听亨利讲了整件事发生的经过。等亨利讲完,医生抬起头仔细地看了看他,想知道有多少是真正的恐惧,有多少是添油加醋的讲述。恐惧占了大部分。

"你觉得那是鬼魂吗?"亨利激动地问道,"是以前发生过的事情的投射,还是我心里弗洛伊德式的恐惧,还是我疯了?跟你说,那可是我亲眼见到的,就在我眼前,和你一样真实。"

"我不知道。"医生说。

"那你能不能和我一起上去,看它还会不会再出现?"

"不行,"医生说,"如果我也看见了,那它可能是个鬼,那会吓坏我,因为我不相信鬼魂。而如果你又见到了它但我没有,那它就是一种幻影,你也会吓得够呛。"

"那我该怎么办?"亨利问道,"如果我再见到它,我知道会发生什么,我肯定会死。你瞧,他长得一点儿都不像谋杀犯。他看起来是个好人，那小孩看起来也挺好的，他们俩好像都觉得无所谓。但他割开了那个婴儿的喉咙，我看见了。"

"我不知道，"医生说，"我不是精神医生，也不是猎巫员，也不打算干这两行。"

一个姑娘的声音传入了地下室。"嘿，医生，我能进来吗？"

"进来吧。"医生说。

姑娘长得相当漂亮，模样也机灵。

医生把她介绍给了亨利。

"他遇到麻烦了，"医生说，"要不是见了鬼，就是失去了良知，他自己也不知道是哪种。给她讲讲吧，亨利。"

亨利把故事又重新讲了一遍，姑娘的眼睛闪闪发亮。

"这太可怕了，"等他讲完，姑娘说，"我这辈子连鬼魂的影子都没见到过。咱们回去看看他还会不会再出现吧。"

医生有点儿酸溜溜地看着两人离开。毕竟姑娘原本是他的约会对象。

姑娘没能见到鬼魂，但她很喜欢亨利，待了整整五个月才被船舱的拥挤和厕所的缺失赶跑。

23

宫殿旅舍里弥漫着黑色的阴沉气氛，所有欢乐都消失得无影无踪。麦克从实验室回来了，嘴角开裂，牙齿也断了。作为一种赎罪，他没有再洗脸。他直接上了床，用毯子罩住头，一整天都没有起来。他的心也和嘴角一样伤痕累累。他回想着一生中做过的所有错事，直到他做过的一切事想起来都是错的。他感到非常悲伤。

修伊和琼斯目光空洞地坐了一会儿，然后闷闷不乐地去了赫迪昂多罐头厂，提出工作申请，并得到了工作。

海瑟心情糟透了，一路走到了蒙特利，和一位士兵打了一架，故意输给了对方。被原本花上一半力气就能击溃的对手暴打一顿让他感觉好过了一点儿。

这一伙里唯一感到开心的只有"宠儿"。它一整天都待在麦克床下，开心地啃着他的鞋。它是只聪明的狗，牙齿很尖。在阴沉的绝望心情中，麦克曾经两次伸出手，把它抱到床上给自己作伴，但它总是扭动着逃下去，继续咬他的鞋。

艾迪晃进城，去了拉·易达，和当酒保的朋友谈了谈，得到了几杯免费饮品，并借了几枚五分硬币，在点唱机上连播了五次《忧郁宝贝》。

这件事让麦克一伙名誉扫地，他们对此心知肚明，也知道这都是他们活该。社会遗弃了他们。没人记得他们原本的友善动机。就算有人知道这场聚会本来是为医生而办的，也没人提起或考虑到这一点。这件事飞快地传遍了熊旗餐厅，传到了罐头厂里，拉·易达的醉汉们讲了一遍又一遍。李忠不肯发表意见，他还在痛惜经济上的损失。故事最终传成了这个样子：麦克一伙偷了酒，偷了钱，然后不怀好意地闯入实验室，出于恶毒和邪恶，有预谋地四处破坏。就连明知事情并非如此的人也信了这个说法。

拉·易达的一些醉汉商量着要不要冲过去痛揍麦克他们一顿，叫他们知道不能对医生做这种事。

麦克一伙凭借彼此之间的团结和各人的斗殴能力避开了可能的报复。有些已经很久没有道德可言的人都因为这件事觉得自己善良无比，其中表现得最激烈的是汤姆·谢礼甘。但如果他事先就知道有这么一场聚会，他也一样会去的。

麦克一伙的社会地位一落千丈。他们经过锅炉边时，萨姆·马洛伊根本不会与他们搭话。他们变得沉默寡言，谁也想不出他们要怎么从这种受人唾弃的状况中翻身。对于整个社会的放逐，可能的反应有两种：要么决心变得更好、更纯洁、更友善，要么变得更坏，与全世界为敌，甚至增加作恶的程度。对于耻辱，后面这种反应要普遍得多。

但麦克一伙在善与恶的天平上站稳了脚。他们对"宠儿"友好而宠爱，对彼此宽容而耐心。等最初的低沉劲过去，他们将宫殿旅舍好好地打扫了一番，这还是搬进来以后头一次。他们擦亮了炉子上的五金部件，清洗了所有衣物和被褥。经济上，他们没再大手大脚，甚至攒下了些积蓄。修伊和琼斯每天都去工作，把工资带回家来。他们在山上的廉价集市购买日常用品，因为没人受得了李忠那责备的眼神。

在这段时间里，医生发表了一段评论。他说的也许是对的，但他的逻辑中缺失了一环，所以很难说他的意见到底是否正确。这一天是七月四日独立日，医生和理查德·弗罗斯特坐在实验室里，喝着啤酒，听着斯卡拉蒂的新唱片，望着窗外的景色。宫殿旅舍门前有一段巨大的木桩，麦克一伙上午会坐在上面晒太阳。他们面向山下，正对着实验室的方向。

医生说："看看他们。他们是真正的哲学家。我觉得，"他继续说，"麦克他们知道世上发生过的一切，很可能也知道即将发生的一切。我觉得他们在这世上能比其他人活得更好。当人们因为抱负、紧张和贪婪而将彼此撕成碎片，他们却是放松的。所有所谓的成功人士都病入膏肓，胃里得了病、灵魂也得了病，但麦克他们却很健康，干净得让人诧异。他们想做什么就做什么，想满足自己的胃口就去满足，不会用其他说法来掩饰其本质。"这番评论让医生的嗓子彻底干涸了，他一口喝光了杯中的啤酒，然后伸出两根手指在空中摇了摇，微微一笑。"什么也比不上第一口啤酒的滋味。"他说。

理查德·弗罗斯特说："我看他们和其他人没什么不一样，只不过没钱罢了。"

"他们可以挣钱，"医生说，"他们可以毁掉自己的生活，去挣钱。麦克在某些方面是个天才。如果他们真的想要，他们都可以变得很聪明。但他们太了解事物的本质，不会被那种渴望推着走。"

如果医生知道麦克一伙有多么悲伤，他就不会说下面几句话了，但没有人告诉他宫殿的住客们目前所面临的社会窘境。

医生把啤酒慢慢地倒入杯中。"我说这话自有证据，"他说，"你看见他们坐的方向了吧，朝着这边？嗯——再过半小时，独立日的游行队伍就会经过灯塔大道。他们只要转个头就能望见，站起来就能看清，走过两条短短的小街就能参与其中。我用一品脱啤酒和你打赌，他们连头都不会转。"

"就算他们不转头，"理查德·弗罗斯特说，"那又能证明什么？"

"证明什么？"医生喊道，"哦，证明他们知道游行队伍里都有什么。他们知道市长会坐着汽车走在最前头，坐在汽车里，顶篷上插着成行的彩旗。然后是朗·鲍勃骑着白马，挥着国旗。然后是市议会的成员，然后是从要塞来的两个连的士兵，然后是插着紫色雨伞的马鹿，然后是戴着白色鸵鸟毛、佩着剑的圣殿骑士团。再然后是戴着红色鸵鸟毛、佩着剑的哥伦布骑士团。麦克他们都知道。还有演奏乐队。他们什么都见过了，不用再看一次。"

"不看游行的人算不上活着。"理查德·弗罗斯特说。

"赌局成立？"

"成立。"

"我一直都觉得很不可思议，"医生说，"我们所欣赏的那些品质：善良慷慨、心胸宽广、诚实、善解人意、富有同情心——在我们的系统里，这些品质往往伴随着失败。而我们为之不齿的那些品质：敏锐、贪婪、物欲、卑鄙、狂妄和自私，它们都标志着成功。人们一边欣赏前一种品质，一边追求后一种品质所带来的结果。"

"如果当好人就要挨饿，谁愿意当好人呢？"理查德·弗罗斯特说。

"哦，这不是挨不挨饿的问题。完全是两回事。为了得到全世界而出卖灵魂是一个人的自由选择，几乎也是所有人的选择——但并不是所有人。麦克他们这样的人到处都是。在墨西哥一个冰淇淋摊贩身上，还有阿拉斯加的一个阿留申人身上，我都见过他们的影子。你也知道，他们是想给我办一场聚会，结果出了岔子。但他们本来是想给我办一场聚会。这是他们的本意。听啊，"医生说，"那是乐队的声音吧？"他迅速往两个杯子里倒满啤酒，两人走到了窗前。

麦克一伙无精打采地坐在木头上，面向实验室。乐队演奏的音乐从灯塔大道传来，鼓声在建筑之间回荡。市长乘坐的汽车突然开了过去，散热器向外喷洒着彩旗——然后是骑着白马、扛着国旗的朗·鲍勃，然后是乐队，再然后是士兵，马鹿，圣殿骑士，哥伦布骑士。理查德和医生专注地向前俯身，但他们看的不是游行，而是坐在木头上的那几个男人。

没有一个人转过头，没有一个人伸直脖子。游行队伍逐渐经过，没有一个人动。游行结束了。医生喝光杯中的酒，伸出两根手指在空中轻轻摇晃。他说："哈！世上没什么能比得上第一口啤酒的滋味。"

理查德走向门口。"要什么牌子的啤酒？"

"一样的就行。"医生温和地说。他冲着山上的麦克一伙露出微笑。

人们总说："时间会治愈一切伤口，这都会过去，大家都会忘记。"如果你置身事外，要说这样的话很容易。但如果你身在其中，你就会发现时间不会过去，人们不会遗忘，而你始终陷在一种不会改变的困局里。医生并不知道宫殿旅舍里的痛苦和毁灭性的自我批判，要不然他会为此而做点什么。麦克一伙也不知道医生是怎么想的，如果知道，他们就会恢复抬头挺胸的模样。

这是一段痛苦的时期。邪恶阴沉地潜伏在空地上。萨姆·马洛伊和老婆多次吵架，她总是哭个不停。锅炉里的回音让她的哭声听起来像是从水下传来的。麦克一伙仿佛是一切麻烦的交叉点。熊旗餐厅那位为人和善的保镖把一名醉汉扔出了门，结果扔得太狠太远，摔断了对方的脊骨。阿尔弗雷德去了塞利纳斯三次才把这件事摆平，这让他心情很糟糕。他一直是个脾气温和的保镖，从来没有伤害过任何人。他的腰领扔人技[1]是韵律和优美的体现。

除此之外，城里还有一群品格高尚的夫人聚集起来，要求关闭所有不道德的嫖娼据点，保护下一代年轻的美国男人。每年独立日和嘉年华之前的沉寂时期总会发生这种事。每当这种时候，朵拉都会把熊旗餐厅暂时关闭，休业一周。这也不算坏事，大家都可以放个假，顺便维修下管道和墙面。但这次，夫人们是来真格的，不看到谁的头掉下来决不罢休。过了整个无聊沉闷的夏天，她们都蠢蠢欲动。情况不断恶化，最后相关人士不得不向她们报告嫖娼点的房主究竟是谁、这样的地方收了多少房租，如果关门大吉又会造成怎样的经济困难。就这样，她们离成为真正的威胁只差一步之遥。

朵拉被迫关店整整两周。在熊旗停业期间，蒙特利举办了三

---

[1] 一种摔跤技术，抓住对手的腰和领子，把对手扔出去。

场全国大会，结果消息传出去，第二年本该在蒙特利举办的五场大会都更改了地点。各处的情况都很糟。为了聚会上摔碎的那些玻璃，医生不得不向银行贷了款。埃尔默·莱卡提不小心在南太平洋铁路的铁轨上睡着了，双腿都截了肢。一场毫无预兆的风暴突然来袭，一艘围网船和三艘伦巴拉网船被吹得离开了泊船位，在海浪中摔得支离破碎，凄凉地躺在德尔蒙的海滩上。

这一系列的不幸根本无法解释，所有人都在怪自己。人们心绪阴沉地想起曾经犯下的不可告人的罪恶，并怀疑那就是噩运的来源。有人将其归罪于太阳黑子的活动，懂得概率学的人则不相信这种说法。就连医生也没觉得这种状况带来了什么好处。虽然生病的人很多，其中并没有哪种病能赚大钱，大部分只要一点儿医术、一些专利药就能搞定。

仿佛这一切还不够似的，"宠儿"也病了。在此之前，它是只快乐的小胖狗，但连续五天的高烧让它变得皮包骨，原本红褐色的鼻子变成了粉色，牙龈都发白了。它的眼睛失去了光泽，整个身体滚烫，偶尔还会像发冷一样颤抖。它不肯进食，也不肯喝水，原本圆鼓鼓的肚子一点点儿地瘪到紧贴着脊椎骨，连尾巴都瘦得现出了骨节的形状。这显然是犬瘟。

宫殿旅舍陷入了真正的恐慌。"宠儿"已经成了他们非常重要的宝贝。修伊和琼斯立刻辞掉了工作，守在"宠儿"身边。几个人轮流看护着它，用凉爽的湿布搭在它头上，但它还是越来越虚弱，病得越来越严重。最后，海瑟和琼斯不得不去找医生，尽管他们并不情愿这么做。他们上门的时候，医生正在吃着炖鸡研究潮汐时间表，只不过炖鸡里用的不是鸡，而是海参。海瑟和琼斯觉得医生的眼神有点儿冷淡。

"是'宠儿'，"他们说，"它病了。"

"它怎么了？"

"麦克说是犬瘟。"

"我不是兽医，"医生说，"我不知道那种病该怎么治。"

海瑟说："呃，你能过去看看它吗？它病得可严重了。"

医生检查"宠儿"的时候，其他人都围成了一圈。医生看了看"宠儿"的眼球和牙龈，把手指插进它耳朵里感觉温度，又摸了摸像辐条一样凸出的肋骨和脊椎骨。"它不肯吃东西？"他问。

"一口都不吃。"麦克说。

"只能强迫它吃了——浓汤，鸡蛋，鳕鱼肝油。"

一伙人觉得医生既专业又冷淡。他回去继续吃炖海参、看时间表了。

至少麦克他们现在有事可做了。他们在锅里煮起肉汤，一直煮到它和威士忌一样浓郁。他们把鳕鱼肝油塞进"宠儿"的嗓子里，让它咽进去了一部分。他们又把它的头抬高，打开它的嘴，等汤冷却后往里灌了一些。如果它不想被噎死，就只能把汤咽下去。每过两个小时，他们就喂它一次，给它喝水。在此之前，他们一直轮班看护"宠儿"，现在则没有一个人再去睡觉。他们只是沉默地坐着，等待着转折的时刻来临。

转折发生在凌晨。其他几个人都坐在椅子里打起了盹，但麦克还很清醒，双眼一直注视着小狗。他看见"宠儿"的耳朵扑扇了两下，胸口剧烈起伏。它非常虚弱地爬起身来，拖着沉重的身体走向门口，舔了四口水，随即瘫倒在地。

麦克大喊着叫醒了其他人。他动作笨拙地跳起了舞。其他人一个接一个地大叫起来。拖垃圾桶出门的李忠听见了，冷嗤了一声。保镖阿尔弗雷德也听见了，以为他们又在办聚会。

上午九点，"宠儿"主动吃了一个生鸡蛋和半品脱鲜奶油。到了中午，它明显比之前胖了一些。没到第二天，它就开始欢蹦乱跳，只用一周就彻底恢复了健康。

邪恶之墙终于出现了裂缝，四处的情况都在好转。人们把围网船拖回海里，它又稳稳当当地浮了起来。朵拉耳边传来风声，说熊旗餐厅又可以开了。维克菲尔德伯爵捕到了一条双头杜父鱼，把它卖给博物馆，赚到了八元钱。邪恶和等待的围墙大片大片地塌陷。同一天的晚上，实验室拉起了窗帘，格林高利音乐一直播放到半夜两点，音乐停下后也没人离开。某种力量在李忠心里翻腾。经过充满东方哲学的一瞬间，他完全原谅了麦克一伙，并将青蛙的债一笔划销，毕竟这桩生意从一开始就只会让人头疼。为了向他们证明自己的诚意，他提上一品脱老网球鞋，亲自给宫殿旅舍送了过去。麦克他们在廉价集市购物的行为伤到了他的感情，但现在这都过去了。李忠上门时正好赶上"宠儿"恢复健康后第一次搞破坏。如今它受宠的程度比以前更深，没人想要训练它不在屋里大小便。当李忠提着礼物进门时，"宠儿"正开心地尽情啃咬着海瑟唯一一双橡胶靴，同样开心的主人们为它鼓掌喝彩。

麦克从来没有作为顾客光顾过熊旗餐厅，这在他看来简直像是乱伦。他平常去的是棒球场附近的一家妓院。所以，当他走进熊旗餐厅的酒吧时，所有人都以为他是来喝啤酒的。他走到阿尔弗雷德身边。"朵拉在吗？"他问。

"找她有什么事？"阿尔弗雷德问道。

"我有事想问她。"

"问什么？"

"关你屁事。"麦克说。

"好吧，随便你。我去问问她想不想见你。"

过了片刻，阿尔弗雷德领麦克进了书房。朵拉坐在一张卷盖式书桌前，橘红色的头发在头上堆成长长的发卷，脸上戴着绿色的墨镜。她正用笔尖短粗的钢笔整理账务记录，面前是一本陈旧而精美的复式记账簿。麦克走进去时，她猛然转过转椅，面对着他。阿尔弗雷德站在门口，等待着。麦克在房间里站住了，一直等到阿尔弗雷德关上门并离开。

朵拉怀疑地打量他。"说吧，有什么可以帮你的？"她终于开了口。

"太太，你也知道，"麦克说，"呃，我猜你已经听说了我们在医生那儿做了什么。"

朵拉把墨镜推到头上，将钢笔放到一只老式卷簧笔座里。"是啊！"她说，"我听说了。"

"嗯，太太，我们那样做是为了医生。你也许不相信，但我们本来是想为他举办一场聚会。只是他没能赶回来，然后——嗯，事情就失控了。"

"我听说了,"朵拉说,"你想让我做什么?"

"嗯,"麦克说,"我和伙计们觉得可以问问你。你也知道我们对医生是怎么想的。我们想问你,你觉得我们还能为他做点儿什么,才能表示出我们的心意。"

朵拉说:"嗯。"她向后靠到转椅上,架起二郎腿,抚平膝盖上的裙子。然后她拿出一支烟,点上火盯着它看。"你们给他办了场聚会,但他没赶上。干吗不再办一场他能赶上的?"

"老天爷,"后来麦克对其他人这么说,"就那么简单。真是个了不起的女人。难怪她能当老板。真是个了不起的女人。"

24

玛丽·泰尔波特,也就是汤姆·泰尔波特的妻子,是个可人。她长着一头隐隐发出绿光的红发,蜜糖色的皮肤也带着些许绿色,同样绿色的双眼里有金黄色的斑点。她的脸是三角形的,颧骨很宽,眼间距也很宽,下巴很尖。她长着舞者般的长腿和脚,走起路来仿佛根本不沾地。她经常激动,一激动脸上就泛起金色的光芒。她的曾祖母的高祖母是位女巫,最后被人烧死了。

在这世界上,玛丽·泰尔波特最爱的就是聚会。她喜欢办聚会,也喜欢去参加聚会。因为汤姆·泰尔波特挣钱不多,玛丽没办法经常举办聚会,所以她会想办法叫别人来办。有时她会给朋友打电话,直截了当地说:"该是你办聚会的时候了吧?"

每年,玛丽会过六次生日。她还会组织变装聚会、惊喜聚会、节日聚会。她家的平安夜聚会总是一场令人激动的盛事。不管是什么聚会，玛丽总是整个人都神采飞扬，将她丈夫汤姆也包裹在她的欢快情绪里。

在汤姆工作的下午，玛丽有时会为街上的猫举办茶会。她会摆出一个脚凳，在上面放好洋娃娃用的茶杯和茶碟，召集附近的猫过来。附近的猫可不少。然后她会和猫进行漫长而事无巨细的对话。她非常享受这种带有讽刺意味的游戏，这会让她忘记自己没有高档衣服。泰尔波特夫妇也没有钱，他们大部分时间都穷得叮当响。但只要稍有余裕，玛丽就会找机会举办各种聚会。

她可以让整座房子都充满欢乐的气氛，这是她的本事。她把这种天赋当作武器，对抗在门外虎视眈眈、随时准备钻入汤姆心里的沮丧情绪。玛丽认为帮汤姆阻挡沮丧情绪是她的职责所在，大家都相信汤姆总有一天会取得巨大的成功。大多数时候，玛丽都能成功地将阴沉挡在门外，但有时它们还是会钻入汤姆体内，让他闷闷不乐地一连坐上好几个小时。在这种时候，玛丽总是忙不迭地努力营造出篝火般猛涨的欢乐情绪。

有一次，在某个月的第一天，用水公司发来了言简意赅的通知，房租也还没交。《科利尔》杂志退回了手稿，《纽约客》退回了漫画，汤姆自己还得了严重的胸膜炎。他走进卧室，在床上躺下了。

没过多久，玛丽也进了屋，因为汤姆那蓝灰色的阴郁情绪已经从门缝和钥匙孔蔓延到了屋外。她手里捧着一束用蕾丝纸包住的珍珠球花。

"你闻闻。"她说,把花束递到汤姆鼻子底下。汤姆闻了闻,什么也没说。"你知道今天是什么日子吗?"玛丽问道,头脑里慌乱地想着有什么能让今天变得充满欢乐。

汤姆说:"我们就不能面对现实一次吗?我们很穷。我们要破产了。骗自己有什么用?"

"不,我们不会的,"玛丽说,"我们身上有魔力,一直都有。还记得你在书里翻出的那十元钱吗?还记得你表哥寄来的那五元吗?我们不会有事的。"

"不,已经不行了。"汤姆说。"对不起,"他说,"我这次真的没法说服自己。我没法再假装下去了。我想面对事实——哪怕就这么一次。"

"我今晚想举办一场聚会。"玛丽说。

"用什么?你不会再把杂志上的烤培根照片剪下来,摆在盘子里了吧?我已经受够这种假装了。一点儿都不好笑,太可悲了。"

"我可以办个规模很小的,"玛丽坚持道,"非正式的那种。谁也不用穿正装。今天是布鲁莫棒球队的纪念日——你都不记得了。"

"没用的,"汤姆说,"我知道这么说很恶劣,但我真的没这个心情。你出去吧,把门关上,让我自己待着,好吗?如果你不走,我只会让你的心情也变差。"

玛丽仔细地看了看汤姆,知道他是认真的。她无声地走出房间,关了门。汤姆在床上翻了个身,把头埋在双手里。他能听见玛丽在隔壁房间里忙个不停。

玛丽把圣诞节时留下的玻璃球和金箔挂在门上作为装饰,又做了个块牌子，写上"欢迎英雄汤姆"。她侧耳倾听，隔壁什么声音也没有。她有点儿忧郁地搬出脚凳，在上面铺了张纸巾，把插进玻璃杯的花束摆到脚凳中央，又在周围摆了四套茶杯和茶碟。她进了厨房，把茶叶倒入茶壶，烧上一壶水。然后她走出门，进了院子。

猫咪鲁道夫正靠着前门的篱笆晒太阳。玛丽说："鲁道夫小姐，我请了几位朋友过来喝茶，不知你是否愿意赏脸。"猫咪鲁道夫懒洋洋地翻了个身，肚皮冲着太阳伸了个懒腰。"一定要在四点之前到哦，"玛丽说，"之后我和我丈夫要去酒店，参加布鲁莫棒球队的百年队庆。"

她沿着房子绕了一圈，走到后院。后院的篱笆上长满了黑莓的藤蔓。猫咪卡西尼蹲坐在地上，喉咙里发出低低的咆哮，尾巴一抖一抖。"卡西尼太太。"玛丽说，随即就停住了，因为她意识到猫咪卡西尼正在玩一只老鼠。它用收起指甲的爪子拍了下老鼠，老鼠拖着两条瘫痪的后腿，模样凄惨地向前爬行。等老鼠差一点儿就要钻进黑莓藤蔓时，猫咪再次动作精准地伸出爪子，上面所有白色的尖刺都冒了出来。它动作优美地扎穿了老鼠的背部，无视对方的扭动挣扎将其拽回自己面前，尾巴在聚精会神的愉悦中微微抖动。

汤姆在半睡半醒中突然听到有人喊他的名字，一遍又一遍。他惊跳起来，大喊："怎么了？你在哪儿？"他听见玛丽在哭。他跑到院子里，明白了到底是怎么回事。"把头转过去。"他冲玛丽喊，杀死了那只老鼠。猫咪卡西尼跳到了篱笆顶上，生气地看着他。汤姆捡起一块石头，丢过去打中了猫的肚子，猫从篱笆上摔了下去。

回到屋里，玛丽还在抽泣。她把热水倒进茶壶，将壶提到桌上。"坐这儿吧。"她对汤姆说，汤姆蹲坐到脚凳面前。

"就不能给我个大点儿的杯子吗？"他问。

"我不怪猫咪卡西尼，"玛丽说，"猫就是那样。这不是它的错。可是——哦，汤姆！我以后很难再请它来了。恐怕最近一阵子我都没法喜欢它了，虽然我不想这样。"她仔细地看了看汤姆，注意到他前额上的纹路消失了，眼睛也不再使劲眨动。"这几天我一直忙着准备布鲁莫球队的聚会，"她说，"实在有太多事情要忙了。"

那一年，玛丽·泰尔波特举办了一场聚会，庆祝自己怀孕。人们都说："老天！她家的孩子该有多开心。"

25

整条罐头厂街都感觉到了情况的改变，甚至整个蒙特利也有同样的感受。不信运气和预兆也没关系，没人相信这种东西。但最好还是不要在这方面冒险，也没人会真的冒险。和其他地方一样，罐头厂街并不迷信，但也一样不会从梯子下走过，或在室内打开一把雨伞。医生是位坚定不移的科学家，根本没有迷信的可能。但他某天半夜回家时发现门槛上摆了一行白花，还是为此不快了很久。罐头厂街的大部分人都不相信这些东西，但生活中还是遵循相应的规矩。

麦克毫不怀疑宫殿旅舍上方有黑云笼罩。他仔细分析过那场夭折的聚会，发现不幸早已钻入每一处裂缝，噩运也像黄昏时的蜂群一样聚集起来。在这种情况下，你唯一能做的就是躲入床底，等一切都过去了再出来。这种事没办法抵抗。倒不是说麦克有多迷信。

但现在，喜悦的气氛在罐头厂街上蔓延开来。医生在邀请女性来访者方面极为成功，成功得都有点儿玄乎了，因为他根本就没努力。宫殿里的小狗如竿豆般飞速成长，期间有几千次的训练机会都被主人们错过了，最后它干脆自我训练起来。它厌烦了在地板上撒尿，主动出门解决。"宠儿"一定会长成一只迷人而乖巧的狗。之前的犬瘟也没发展成舞蹈症。

一切都向美好的方向发展。好运如空气般吹过整条罐头厂街，一路蔓延到赫尔曼汉堡店和圣卡洛斯酒店。吉米·布鲁西亚感觉到了，他店里会唱歌的酒保强尼也感觉到了。斯帕基·艾维亚感觉到了，快乐地和城外三个新来的警察打了一架。这种气氛甚至传到了塞利纳斯的监狱里。盖伊原本总是在下跳棋时故意输给治安官，以此换得狱中的舒适生活，此时却突然变得精明狡猾，再也没输过。他因此失去了狱中所有的优待，但同时也觉得自己又是一个完整的人了。

海狮同样感觉到了，吼叫中增添了音调和韵律，让整个圣弗朗西斯的心情都为之轻快。学习天主教教义问答的小姑娘会突然抬起头来，毫无原因地咯咯发笑。也许人们可以发明一种极为精准的电子探针，找到这一切喜悦与好运的根源。三角测量也许会将这源头定位在宫殿旅舍烤肉店里。喜悦充满了宫殿，充盈了麦克他们的全身。琼斯会突然从椅子上跳起来，跳上一小段快步踢踏舞。海瑟脸上挂着没有明确对象的暧昧微笑。喜悦四处弥漫、无处不在，麦克很难将其聚焦在某个特定的目标上。艾迪在拉·易达规律地工作，攒起了相当诱人的混合饮料。他不再往里加啤酒了，说那样只会冲淡口味。

萨姆·马洛伊种了一些牵牛花，想让它们爬满整个锅炉。他还搭了个遮阳棚，傍晚时经常和妻子一起坐在下面乘凉。她开始用钩针织起一张床单。

快乐气氛甚至蔓延到了熊旗餐厅，那里的生意蒸蒸日上。菲莉斯·梅的腿愈合得很好，她应该很快就能上班了。伊娃·弗拉纳根从东圣路易斯回来了，并为此如释重负。东圣路易斯很热，也没她记忆里那么美好。不过她上一次那么享受，是因为她当时比现在要年轻得多。

对于为医生而办的聚会，人们并不是突然得知，或突然确信有这么一回事的。消息并没有一下子传遍整个城镇。大家都听说了这件事，但都没有什么反应，让它在各自的想象中逐渐成长，仿佛茧里的蛹。

麦克这次十分现实。"上次是我们太着急了，"他对其他人说，"想办好一场聚会可不能着急，只能让它慢慢成形。"

"那到底要什么时候办？"琼斯等不及了。

"不知道。"麦克说。

"是惊喜聚会吗？"海瑟问。

"应该是，那是所有聚会里最棒的一种。"麦克说。

"宠儿"不知道从哪儿叼了只网球过来。麦克把球丢向门外的杂草丛,"宠儿"追着球跑远了。

海瑟说:"如果知道医生的生日是哪天,我们就可以给他举办生日聚会了。"

麦克张大了嘴。海瑟总能让他大吃一惊。"老天爷,海瑟,你说得太对了,"麦克喊道,"是啊,老天,如果是他的生日,就可以送他礼物了。太完美了。我们只要问出是哪天就可以了。"

"那应该很容易,"修伊说,"直接问他不就行了?"

"呸,"麦克说,"那他就猜到了。你问他生日是哪天,之前又已经想要给他办聚会,就像我们那样,那他肯定知道你想干什么。我可以过去随便问问,不让他猜出来。"

"我和你一起去。"海瑟说。

"不,如果咱俩都去,他可能会猜到我们有什么计划。"

"哦,可这是我出的主意。"海瑟说。

"我知道,"麦克说,"等我们成功了,我会告诉医生这是你的主意。但现在,我还是自己去的好。"

"他怎么样了,对你友好吗?"艾迪问道。

"当然,他没事。"

麦克在实验室地下室的深处找到了医生。医生穿着长长的橡胶围裙,戴着橡胶手套,避免福尔马林的侵蚀。他正在往角鲨的动脉和静脉里注入不同的颜色。他的球磨机转了一圈又一圈,混合着蓝色染料。红色染料已经混好装在压力枪里了。医生用优美的双手精准地工作着,将针尖插入正确的位置,按下压力枪的扳机，将颜色注入血管。他把所有染色完毕的角鲨都摆成了整洁的一排。等红色染料注入完毕后，他还要用蓝色染料再把动脉都标记出来。角鲨是很好的解剖标本。

"嘿，医生，"麦克说，"忙着呢？"

"和我想的一样忙，"医生说，"狗崽怎么样了？"

"挺好的。要不是你，它就没命了。"

医生心里掠过一阵警惕，随即就消失无踪。赞美之词总会让他警觉起来，他已经认识麦克很久了。但麦克的语气里充满了感激之情，除此之外别无他意。医生知道麦克对小狗的感情。"宫殿的情况怎么样？"

"挺好的，医生，挺好的。我们多了两把新椅子。你什么时候去看看我们吧，现在屋里收拾得挺不错。"

"好啊，"医生说，"艾迪还带酒回来吗？"

"当然，"麦克说，"他不再往里放啤酒了，我觉得现在的味道更好，更有劲。"

"以前也挺有劲的。"医生说。

麦克耐心地等着。医生迟早会转向相关话题，他只要等着就好。如果医生能自己先提起来，整件事就不会显得那么可疑了。这是麦克常用的技巧。

"有一阵子没见海瑟了。他没生病吧？"

"没有。"麦克说。他开始一点点儿接近主题。"海瑟没事，不过他和修伊闹得正凶，已经有一周了，"他吃吃地笑了起来，"滑稽的是，他们吵的内容是他们根本不了解的东西。我没掺合，因为我也一点儿都不懂，但他们不肯罢休，还真的动了火。"

"关于什么？"医生问道。

"是这样的，"麦克说，"海瑟一直都会买各种图表，找出幸运日啊，行星的位置啊，诸如此类。修伊说那都是胡扯。修伊说，只要知道一个人是什么时候生的，就能预言他的人生。修伊还说，海瑟那些图表只是人家为了挣钱而编的。你觉得呢，医生？"

"我和修伊的意见差不多。"医生说。他停下球磨机，将压力枪洗净后往里倒进了蓝色染料。

"前两天晚上，他们吵得可凶了，"麦克说，"他们问我是什么时候生的，我说是四月十二号，海瑟就把他买的图表拿出来，开始给我算命。有些地方还挺准的，但基本就都是在说好话。谁不愿意相信关于自己的好话呢。说什么我既勇敢又聪明，对朋友很好，海瑟说这都是真的。你的生日是哪天啊，医生？"经过这么长长的一段对话，这个问题听起来非常自然，找不出一点儿毛病。但别忘了，医生已经认识麦克很久了。如果他没这么熟悉麦克，他会老实回答十二月十八日，他的生日；但他认识麦克太久了，所以回答的是十月二十七日，那不是他的生日。"十月二十七日，"医生说，"问问海瑟这有什么说法。"

"那上面写的应该都是胡扯，"麦克说，"但海瑟可认真了。我会叫他帮你查查的，医生。"

麦克走了。医生漫不经心地想着，不知道这次他又在玩什么花招。他知道麦克所用的技巧和方法，也熟悉他的说话方式。他思考着麦克能用这信息来做什么。直到后来，等聚会的传言也钻进了医生的耳朵里,他才恍然大悟,并为此稍微松了一口气。他本来以为麦克又想敲他的竹杠。

26

两个小男孩在造船厂里玩耍。一只猫跃过了栅栏,他们立刻起身去追,一直追到了铁轨上,用道床上的大理石装满了口袋。猫窜进高高的杂草丛里不见了。他们没扔掉那些石头,因为它们的重量、形状和大小都很完美,正好用来投掷,说不定什么时候就会派上用场。他们拐上罐头厂街,冲摩尔顿罐头厂的瓦楞形铁门扔了块石头。响声惊动了坐在办公室里的男人,他抬头向外张望,随即冲出门来,但两个男孩逃得飞快,没等他跑到门边就躲到了空地的一条纵梁下。就算用上一百年,那个人也找不着他们。

"我打赌,他一辈子也找不到我们。"乔伊说。

过了一会儿,他们有点儿厌烦了,因为没人来找他们。两人从木头底下钻出来,沿着罐头街往下走。他们在李忠店的橱窗前站了很久,看着里面摆的钳子、弓形锯、工程师安全帽和香蕉。然后他们过了街,在通往实验室二层的楼梯脚下坐下了。

乔伊说:"你知道吗,住在这儿的人有一些装在瓶子里的婴儿。"

"什么样的婴儿?"维拉德问。

"普通的婴儿,不过从来没出生。"

"我不信。"维拉德说。

"可这是真的。斯普拉特家的孩子见过,他说那些婴儿只有这么大,手脚和眼睛都小小的。"

"头发呢?"维拉德追问道。

"嗯,斯普拉特家的孩子没说头发的事。"

"你应该问他的。我看他是在说谎。"

"你最好别让他听见这句话。"乔伊说。

"哼,你可以告诉他我是怎么说的。我不怕他,我也不怕你。我谁都不怕。你有什么意见吗?"乔伊没说话。"说啊,有吗?"

"没,"乔伊说,"我只是在想,我们干吗不直接上去问问那个人,他到底有没有装在瓶子里的婴儿?如果他有的话,也许他会拿给我们看。"

"他不在家,"维拉德说,"他在家的时候,他的车会停在这儿。他去别的地方了。我觉得这是句谎言,斯普拉格家的孩子是个骗子。我觉得你也是个骗子。你有什么意见吗?"

这是懒洋洋的一天。为了找点儿刺激,维拉德只能尽量找茬。"我觉得你是个懦夫。有意见吗?"乔伊没说话。维拉德换了种方法。"你老爸呢?"他闲聊似地问。

"他死了。"乔伊说。

"哦,是吗?我没听说啊。他是怎么死的?"

乔伊沉默片刻。他知道维拉德知道他父亲是怎么死的,但他不能表现出来,否则维拉德就会打他。乔伊害怕维拉德。

"他自尽——他自杀了。"

"哦?"维拉德拉长了脸,"用什么方式?"

"他吃了老鼠药。"

维拉德拔高了声音，里面充满笑意。"他是怎么想的，以为自己是只老鼠？"

对于这句玩笑话，乔伊也笑了一小会，只是刚好让维拉德满意的程度。

"他肯定是以为自己是只老鼠，"维拉德大声说，"他是不是像这样四处爬——看啊，乔伊，像这样？他是不是像这样皱起鼻子？他是不是有条又老又长的尾巴？"维拉德笑得前仰后合。"他干吗不去买个捕鼠夹，把头伸进去？"两人为此笑了一会儿，维拉德故意拖长了时间。然后他又想出了另一个笑话。"他吃药以后是什么样子——像这样？"他瞪起对眼，张开嘴探出舌头。

"他一整天都在吐，"乔伊说，"直到半夜才死。他很痛苦。"

维拉德说："他为什么要那么做？"

"他找不到工作，"乔伊说，"他已经有一年找不到工作了。你知道吗，滑稽的事在于，第二天早上就有个人来找他，想给他提供一份工作。"

维拉德想把话题拉回自己的笑话上。"我看他就是以为自己是只老鼠。"他说，但即便是他自己也觉得这句话索然无味。

乔伊站起身，把手插进兜里。他看见水沟底部有片铜币在闪闪发光，就向它走去。但他刚要捡起那枚硬币，维拉德就一把推开他，把硬币拿了起来。

"是我先看见的，"乔伊喊，"是我的。"

"你有什么意见吗？"维拉德说，"你干吗不也去吃点儿老鼠药？"

27

麦克一伙就是德行、典雅与美的化身。他们坐在宫殿旅舍里，仿佛是投入池塘的小石头，激起一片片涟漪，蔓延过整条罐头厂街，一路传到太平洋丛林镇和蒙特利，甚至延伸至在山另一侧的卡梅尔。

"这一次，"麦克说，"我们必须保证他能参加聚会。如果他不来，我们就不办。"

"这次在哪儿办？"琼斯问道。

麦克把椅子支在两条后腿上，向后靠着墙，把双腿盘到椅子的前腿上。"我想了很久，"他说，"我们当然应该在这儿办，可这样就很难让他惊喜了。医生喜欢他自己的地方，那儿有他爱听的音乐。"麦克皱眉扫视整个房间。"我不知道上次是谁弄坏了他的留声机，"他说，"但这次如果有谁往上放一个指头，我就亲自把他踢个半死。"

"我看咱们还是得在医生那儿办。"修伊说。

没人听到过关于聚会的消息，但对这件事的认知还是在他们心里慢慢生长起来。没人接到正式的邀请，所有人都要参加。每个人都在头脑里给十月二十七日画了个红色的圈。因为是生日聚会，他们还要考虑礼物的事。

比如说朵拉的那些姑娘。她们都去过实验室，不是去寻求建议就是去求医问药，有时也为了非工作性质的陪伴。她们都见过医生的床。床上铺着一条陈旧褪色的红毯子，上面除了狐狸尾巴毛还有不少带刺的种子和沙子，因为医生每次出去采集标本时都带着它。每次挣到钱，医生都会用来买实验室的设备，从来也没想过给自己买条新毯子。朵拉的姑娘们决定用漂亮的丝绸给他织一床拼布被。大多数丝绸都来自她们的内衣和晚宴长裙，所以这条被子五彩缤纷，亮粉、淡紫、淡黄和樱桃色的布片全拼在一起。姑娘们利用捕鱼队上门前的中午和下午进行编织，大家齐心协力，妓院里常见的争斗和怨恨都消失得无影无踪。

李忠出了趟门，验货后带回来一串二十五英尺长的鞭炮和一大包水仙花球根。在他心里，这两样是最高级的聚会用品。

萨姆·马洛伊一直有一套关于古董的理论。他知道，古老的家具、玻璃和餐具在它们原本的年代不值钱，但随着时间流逝，它们会变得价值连城、引人争抢，远远超过它们本来在美感和实用方面的价值。他知道有一把这样的椅子卖出过五百元。萨姆会收集古董汽车零件，他相信这些藏品总有一天会让他变得非常富有，并在最高级的博物馆里垫着黑色天鹅绒展出。对于聚会的事，萨姆想了很久，最后拿出了藏在锅炉后的上锁大箱子，检阅里面的宝贝，打算挑一件最好的藏品送给医生。他挑选的是一辆一九一六年产的查尔姆斯汽车的活塞和活塞杆。他把这套零件擦了又擦，直到它闪亮得像是古代的盔甲。他为零件做了个包装盒，还在里面铺了块黑布。

麦克一伙也思索良久，最后得出结论：医生一直想要猫，但总是抓不到。麦克拿出了有两个隔间的笼子。他们借来一只怀孕了的母猫，把笼子放在空地最高处的黑丝柏树下，又在宫殿角落里搭了个铁丝笼。每过一个晚上，铁丝笼里就会多出几只愤怒的公猫。琼斯每天要去罐头厂两次，捡鱼头来喂这些囚犯。麦克思考了一番，认为二十五只公猫应该足够作为一件上好的礼物了。

"这次不要装饰，"麦克说，"只要酒够，好好办一场聚会就行。"

盖伊在塞利纳斯监狱里也听说了聚会的事，和治安官商量了一番，得到了那天晚上临时出狱的许可。治安官还借了他两元钱，用来买往返的公交车票。盖伊一直对治安官不错，治安官也不是个忘恩负义的人，何况竞选迫在眉睫，盖伊可以帮他多揽几票——至少盖伊是这么说的。再说了，如果盖伊愿意，他完全有可能给塞利纳斯监狱的名声抹黑。

亨利某天突然决定传统的针垫也是一种艺术，在十八世纪九十年代达到了流行的巅峰，之后就一直受人忽视。他拾起了这门技艺，高兴地看到五颜六色的针所蕴含的潜力。他的作品从来没有完成过——毕竟图案会随着针的位置而改变。聚会的消息传来时，他正在做一组针垫作品，打算开办个展。一听说聚会的事，他立马放下了手头的作品，开始制作送给医生的巨大针垫。在他的预想中，那将是用绿色、黄色和蓝色组成的冷色调作品，图案复杂而引人遐想，名字叫做《前寒武纪的记忆》。

亨利的朋友埃里克是个学识丰富的理发师，平时收集那些作品从来没出过第二版、或根本没出过第二本书的作家的初版作品。他决定送给医生一座划船机，那是他在一位客户的破产拍卖会上得到的，那个客户欠了他三年的理发费。划船机状态良好，没人在上面划过几次。没人会用划船机这种东西。

知道这件事的人越来越多，都偷偷摸摸地聚在一起，讨论礼物和酒的选择，讨论聚会应该什么时候开始，约好对医生严格保密。

医生不知道自己是从什么时候开始怀疑周围正发生着某件事，而且这件事与他有关。在李忠店里，他一进门，店里的对话就停止了。一开始，他只是觉得其他人都对他很冷淡。当五六个人不约而同地问起他在十月二十七日有什么安排，他只觉得困惑，因为他已经忘记曾用这个日期当作自己的生日了。他本来还挺好奇一个虚假的出生日期能得出怎样的占星结果，但麦克没再提起这件事，医生也就忘了。

某天晚上，医生去了一趟中途酒馆。那里有一种他爱喝的生啤，保存的温度也合适。他将第一杯啤酒一饮而尽，随即放慢了速度，仔细品尝起第二杯。这时他听见一名醉汉对酒保说："你去参加聚会吗？"

"什么聚会？"

"哦，"醉汉信心十足地说，"你知道医生吧，山下罐头厂街的那个。"

酒保抬眼望向吧台一头，又望向另一头。

"嗯，"醉汉说，"在他生日那天，他们要大办一场。"

"谁要办？"

"所有人。"

医生就此思索了一会儿。他根本不认识这个醉汉。

对于这件事，他的感受并不单纯。他一半对大家想为他举办聚会这件事觉得非常温暖，一半又因为想起之前那场聚会而感到抗拒。

现在一切都真相大白了——麦克的问题，医生在场时其他人的沉默。那天晚上，医生坐在桌前，就此想了很久。他环顾四周，思考该把哪些工具事先锁好。他知道这场聚会要花他不少钱。

第二天，他也开始为聚会做起准备。他将质量最好的一些唱片放进了可以上锁的里屋，把所有能打碎的实验器械也都搬了进去。他知道事情会如何发展：客人们来的时候很饿，他们不会自己带吃的。他们会很快就喝光所有的酒，因为以前每一次都是这样。他有点儿疲惫地去了廉价集市，那儿有一位技术优秀、善解人意的屠夫。两人商量了一会儿。医生点了十五磅牛排、十磅西红柿、十二颗生菜、六条面包、一罐花生酱、一罐草莓酱、五加仑红酒，还有四品脱算不上高级，但也相当醇厚的威士忌。他知道，到了下个月第一天，银行就会来找他的麻烦。医生心想：再来三四场这样的聚会，实验室就保不住了。

与此同时，在罐头厂街上，策划活动进行得如火如荼。医生想得没错，没有人想到食物的事，但四处都在以品脱和夸脱为单位存起各种酒。礼物的数量也在不断增长，并不存在的宾客名单长得像人口普查报告。熊旗餐厅的姑娘们不停讨论着该穿什么。那天晚上不用工作，所以大多数人都不想再穿漂亮长裙了，那相当于她们的工作服。最后她们决定穿平时外出的衣服。这并不像听起来那么简单。朵拉坚持要留几个姑娘在店里，伺候平时的常客。姑娘们分成小组，准备轮流值班。为了决定谁可以先去参加聚会，她们扔了硬币。第一组会把漂亮的拼布被送给医生，并有幸亲眼欣赏他的表情。拼布被现在还放在餐厅里的绷架上，差一点儿就能完工了。马洛伊太太有一阵子没动她的床单了。她用钩针钩了六个杯垫，给医生配啤酒杯用。在罐头厂街上，最初的兴奋之情已经消失，取而代之的是不断高涨的期盼。宫殿旅舍的笼子里有了十五只公猫，它们夜里的叫声总让"宠儿"有点儿紧张。

28

弗兰基迟早都会听到聚会的消息。弗兰基就像一朵小小的云彩，在人群的边缘飘动。没人注意到他的存在，没人会主动和他搭话，也很难判断他到底有没有在听别人说话。但弗兰基确实听到了聚会的消息，听到其他人都在准备礼物。这让他感到心里被填得满满的，并感到一种令人晕眩的渴望。

雅各布珠宝店的橱窗里摆着世界上最漂亮的东西，已经摆了有一阵子了。那儿有一只黑色的缟玛瑙钟，钟面是金色的。但真正的美在钟的上面。那是一座青铜雕塑：圣乔治屠龙。龙仰面朝天，爪子在空中挥舞，胸口上插着圣乔治的尖矛。圣人骑着一匹屁股肥大的壮马，穿戴着整套盔甲，护目面罩掀了起来。他用长矛将龙钉在地上。这座雕塑最棒的地方在于圣人留着山羊须，脸长得有点儿像医生。

弗兰基每周会去阿尔瓦拉多街好几次，站在橱窗前凝望美丽的雕塑。他晚上还会梦到它，梦见伸手抚过光滑坚实的青铜。当他听说聚会和礼物的事时，他已经注意钟上方的雕塑有好几个月了。

弗兰基在人行道上站了一个小时，才终于走进店里。"怎么？"雅各布先生问。弗兰基进门时，他飞速地打量了男孩一番，知道他身上的钱连七角五分都到不了。

"那个多少钱？"弗兰基声音嘶哑地问。

"哪个？"

"那个。"

"你是说那座钟？五十元。加上青铜像七十五元。"

弗兰基没说话就走了。他走到海滩上，爬到了一艘倒扣在地的小船底下，透过缝隙望着低低的海浪。美丽的青铜像牢牢占据了他的脑海，仿佛此刻就摆在他面前。他感到慌乱无助。他必须得到那份美丽。一想到它，他的目光就变得坚定而炙热。

他一整天都躲在船下。傍晚时分，他从船下钻出来，回到了阿尔瓦拉多街。其他人有去看电影的，有去逛街的，有去金罂粟餐厅的，弗兰基则在街上走来走去。他既不累也不困，美丽的雕像在他心中像火一样燃烧。

行人渐渐稀少下去。最后街上一个人也没有，原本停在街边的车也开走了，城镇陷入了沉睡。

一名警察仔细看了看弗兰基。"你在这儿干吗呢？"他问。

弗兰基拔腿就跑，拐过街角，在小巷里找了个木桶躲起来。夜里两点半，他蹑手蹑脚地走到雅各布的店门前，拧了拧门把手。

门锁着。弗兰基回到小巷里，在木桶后面坐下，开始思考。他看见木桶旁边有块破碎的混凝土，就把它捡了起来。

警察报告说，他听见了巨响，就跑向声音发出的地方。雅各布珠宝店的玻璃碎了。他看见嫌疑犯快步走开，就开始追他。他不知道男孩怎么能抱着五十磅重的钟和青铜像跑得那么快、那么远，但总之嫌疑犯差点儿就逃脱了。要不是他不小心冲进了死胡同，警察肯定追不上他。

第二天，警监给医生打了个电话。"过来一趟吧，有话跟你说。"

警察把弗兰基带了出来。他全身脏兮兮的，衣服凌乱，双眼发红。但他坚定地抿着嘴，看见医生时还露出了欢迎的微笑。

"怎么回事，弗兰基？"医生问道。

"他昨晚闯进了雅各布的店，"警监说，"偷了东西。我们联系他母亲了，她说这不是这孩子的错，因为他总在你那儿晃悠。"

"弗兰基——你不该这么做。"医生说。他的心因为预想到无法避免的结果而压上了沉重的石头。"能不能让我保释他？"医生问道。

"我不认为法官会同意，"警监说，"我们有他的精神状况报告。你知道他有什么问题吧？"

"嗯，"医生说，"我知道。"

"你知道他到了青春期会是个什么样子？"

"嗯，"医生说，"我知道。"他心里的石头更沉了。

"医生认为，我们最好把他关起来。之前我们没理由抓他，但现在他犯了重罪，我觉得这是最好的选择。"

弗兰基听着他们的对话，眼中欢喜的光芒暗淡下去。

"他偷了什么？"医生问。

"一座挺大的钟，还有一座青铜雕像。"

"我来赔。"

"哦，已经都拿回来了。我不认为法官会听你的话。这种事总会发生第二次的，你也清楚。"

"嗯，"医生说，"我知道。但也许他这么做是有理由的。""弗兰基，"他说，"你为什么要偷东西？"

弗兰基盯着他看了很久。"我爱你。"他说。

医生狂奔出门，钻进汽车，跑到罗伯斯角的岩洞里去采集标本了。

29

十月二十七日四点钟，医生结束了把所有水母装瓶的工作。他洗净装福尔马林的罐子，冲净手术镊，在橡胶手套上洒了粉后脱下来。然后他上了楼，给老鼠喂了食，把最高档的唱片和几座显微镜都搬进里屋，给里屋上了锁。有时候，喝醉的客人会想逗屋里的响尾蛇玩。通过做这些细致的准备工作和预想到所有的可能性，医生希望这场聚会既不会太无聊，又能保证大家的平安。

他烧上一壶咖啡，在留声机上放起贝多芬的《大赋格》，冲了个澡。他的动作很快，没等曲子放完就换上了干净的衣服，坐下喝起了咖啡。

医生抬起头，透过窗户望向空地对面的宫殿，没有看见任何人。他不知道会有多少人参加聚会，又到底都有谁，但他知道有人一直在监视他。一整天，他都能感受到观察自己的目光。他没看见到底是谁，但有几个人一直在周围放哨。看来他们想把这场聚会搞成大大的惊喜，那他不如也装得好像什么都不知道，继续干他自己的事。于是他过街去了李忠店里，买了两夸脱啤酒。店里有种压抑着的东方式的兴奋，看来李忠一家也会来。医生回到实验室，给自己倒了杯啤酒，为了解渴一饮而尽，然后又倒了第二杯慢慢品尝。空地和街道仍然空无一人。

麦克一伙待在宫殿里，大门紧闭。一整个下午，炉子里都生着熊熊的火，不停热着洗澡水。就连"宠儿"也洗了个澡，脖子上系上了红色的蝴蝶结。

"我们应该几点过去？"海瑟问道。

"八点以后吧，"麦克说，"但我们完全可以先来一小杯，就当热身。"

"那医生也该热热身吧？"修伊说，"也许我该给他带瓶酒过去，就像平时那样。"

"不用，"麦克说，"医生刚去李忠那儿买了啤酒。"

"你觉得他猜到了吗？"琼斯问。

"怎么可能？"麦克反问。

角落的铁笼里，两只公猫吵了起来，其他同伴都以低吼和弓起的后背作为回应。里面只有二十一只猫，麦克他们没能完成目标。

"我们该怎么把猫送过去?"修伊说,"那么大的笼子,出不了门。"

"我们不送过去,"麦克说,"还记得青蛙的下场吗?不,我们告诉医生就行,他可以自己过来取。"麦克站起身,打开了一瓶艾迪带回来的混合酒。"不如先热个身吧。"他说。

五点半,中国老头拖着脚步走下山,经过宫殿,穿过空地和街道,消失在西部生物实验室和赫迪昂多罐头厂之间的小巷里。

熊旗餐厅的姑娘们整装待发。她们已经抽签决定了值班表,每小时一换。

朵拉打扮得光彩照人。她新染了橙色的头发,卷起来高高地盘在头上,手上戴了结婚戒指,胸前挂着沉甸甸的钻石胸针。她穿着白色的丝绸长裙,上面是竹林图案的黑色印花。在卧室里,姑娘们把平时的服务流程都倒了过来。

负责留下值班的姑娘穿着长长的晚礼裙,第一批去参加聚会的姑娘则穿着印花短裙,个个都美丽动人。拼布被已经完全缝好了,还加了衬里,此时装在吧台边的大纸箱里。保镖没法去参加聚会,忍不住嘟嘟囔囔地抱怨了几句。总得有人留下来看店才行。尽管朵拉下了命令,姑娘们仍然各自藏起了酒,想要找机会喝上几口,为聚会做好准备。

朵拉大步走进办公室,关上了门。她拉开卷盖式书桌最上面的抽屉,拿出里面的瓶子和杯子,给自己倒了一口。瓶子和杯子相撞,发出一声轻响,传入在门外偷听的姑娘耳朵里。消息很快传遍了整个熊旗餐厅。这下朵拉是闻不出她们呼吸里的酒气了。

姑娘们冲回自己的房间，拿出了各自偷藏的酒。罐头厂街进入了黄昏，进入了夹在日光与街灯之间的灰色地带。菲莉斯·梅在前厅里掀开窗帘向外张望。

"看得见他吗？"多丽丝问。

"看见了。他开灯了，坐在那儿，好像在读书。老天爷，他可真爱看书，眼睛居然还没坏。他手里拿着一杯啤酒。"

"嗯，"多丽丝说，"我们不如也来一小杯。"

菲莉斯·梅走起路来还有点儿轻微地瘸腿，但基本已经恢复健康。按她自己的说法，要摆平一个和她体型相仿的市议员不在话下。"这有点儿好笑，"她说，"看他坐在那儿，不知道会发生什么。"

"他从来不来我们这儿找乐子。"多丽丝有点儿伤感地说。

"好多男人都不愿意花钱买女人，"菲莉斯·梅说，"其实那样要付的代价更大，但他们愿意。"

"嗯，唉，说不定他喜欢那样的。"

"哪样的？"

"去他那儿过夜的那些姑娘。"

"哦，是啊——也许他是喜欢那样的。我也去过他那儿，他从来没对我表示过什么。"

"他不会对你表示的，"多丽丝说，"但这并不代表如果你不在这儿工作，你就不用费心去追他。"

"你是说，他不喜欢干咱们这行的？"

"不，我不是这个意思。他可能是觉得干咱们这行的和其他姑娘对那种事的态度不一样。"

她们又喝了一小杯酒。

朵拉在办公室里也又倒了第二杯酒，一饮而尽，然后把抽屉重新锁上了。她对着墙上的镜子整理好已经很完美的头发，检查了闪亮的红指甲，出门去了酒吧。保镖阿尔弗雷德闷闷不乐。他并没说什么，脸上也没出现不快的表情，但反正就是闷闷不乐。朵拉冷冷地打量他。"我看你是觉得被排除在外了，没错吧？"

"不，"阿尔弗雷德说，"不，没什么大不了的。"

朵拉没想到他会这么回答。"没什么大不了的，啊？你可是在工作，先生，你到底还想不想干了？"

"没关系，"阿尔弗雷德冷淡地说，"我没什么意见。"他把胳膊肘架到吧台上，望着镜子里的自己。"你们去吧，好好玩吧，"他说，"这儿有我看着。不用担心。"

他的痛苦模样让朵拉败下阵来。"听着，"她说，"我不希望店里一个男人都没有。也许会有醉汉趁机跑过来占便宜，姑娘们可对付不了。但等晚些时候，你也可以过来，只要透过窗户注意着点儿这边就行。这样总行了吧？万一有点儿什么事，你也看得见。"

"嗯，"阿尔弗雷德说，"我很乐意。"见朵拉让步，他的口气也软了下来。"晚些时候，我也许可以过去待一两分钟。昨天晚上有个讨厌的醉汉进来过。我也说不好，朵拉——摔断那个人的脊椎骨让我有点儿没了胆子。我没原来那么自信了。也许某天我会不敢出手，惨败一场。"

"你需要休息，"朵拉说，"我可以叫麦克过来顶一阵，让你休假两周。"朵拉真是个了不起的老板娘。

在实验室里，医生喝完啤酒，又喝了一点儿威士忌。他的心情很愉快，觉得大家为他举办聚会这件事实在太美好了。他放起了《悼念公主的帕凡舞曲》，觉得有点儿感伤。在这种心情的驱使下，他又放了《达佛涅斯与克洛伊》。这首曲子里有一部分让他想起了别的东西。在马拉松战役开始前，雅典的观察者说他们看见平原上扬起一道长长的尘土，还听见了武器碰撞的响声和厄琉息斯的吟唱。音乐里某些部分让医生想到了这个场景。

这首曲子结束后，他又倒了杯威士忌，犹豫着要不要放《勃兰登堡协奏曲》。这会让他得以摆脱现在那甜蜜又忧伤的情绪。可是甜蜜又忧伤有什么不好？他觉得很舒服。"我想听什么就听什么，"医生大声说了出来，"我可以放《月光》，也可以放《亚麻色头发的少女》。我是自由的。"

他又倒了杯威士忌喝光，然后折衷选择了《月光奏鸣曲》。他能看见拉·易达的霓虹灯不断闪烁。熊旗餐厅门前的街灯亮了。

一群巨大的棕色甲虫扑向街灯，撞击后摔落在地，挥舞着腿用触角感知周围。一只母猫孤单地走在水沟边，寻找下一段冒险。它不明白那些公猫都去哪儿了，它们能让生活变得有趣，让夜晚变得可怕。

马洛伊先生手脚并用地跪在地上，从锅炉门后探出头来，看是否有人已经到场。宫殿的男人们急切不安地坐着，注视着闹钟黑色的时针。

30

对于聚会的本质,人们研究得还不够透彻。但大家都知道,聚会像一场自有其运转原理的疾病,也像一个性格别扭的人。大家也知道,聚会很少会遵从原本的计划。这当然也有例外,有些可怜的聚会像奴隶一样,屈从于恶鬼般的女主人专业的鞭打操控。这些聚会不是真的聚会,只是表演与示威的混合体,参与的宾客和最终呈现出的结果一样渺小可怜,索然无味。

罐头厂街几乎所有人都在想象中描绘过这场聚会应有的样子:人们高声打着招呼,向医生表达祝贺,吵吵嚷嚷,热闹非凡。结果聚会开始时完全不是那么回事。八点整,全身干干净净、头发整整齐齐的麦克一伙拿上装着混合饮料的罐子,列队走下鸡肠小道、跨过铁轨、穿过空地过了街,走上通往西部生物实验室的楼梯。所有人都很难为情。医生打开门,麦克十分庄重地说:"今天是你的生日,我和伙计们想祝你生日快乐,我们抓了二十一只猫,作为你的生日礼物。"

他顿住了,一伙人可怜巴巴地站在楼梯上。

"进来吧,"医生说,"怎么回事——我——我真是没想到。我都不知道你知道今天是我生日。"

"全是公猫,"海瑟说,"我们没把猫运来。"

他们在房间左侧拘谨地坐下了,然后是一阵漫长的沉默。"呃,"医生说,"既然你们都来了,喝一杯怎么样?"

麦克说:"我们带了酒来。"他示意艾迪攒下的三罐混合饮料。

"里面没有啤酒。"艾迪说。

医生觉得时间还早,不太想喝烈酒,但他掩饰了自己的不情愿。"不行,"他说,"你们可得跟我喝一杯。我正好买了些威士忌。"

就在他们拘谨地坐着,小口呷着威士忌的时候,朵拉带着姑娘们来了,为医生送上了拼布被。医生把被子铺到床上,它看起来漂亮极了。姑娘们都接受了医生的邀请,喝了点儿酒。马洛伊夫妇随即带着礼物上了门。

"大部分人都不知道这东西将来会有多值钱,"萨姆·马洛伊拿出一九一六年查尔姆斯汽车的活塞和活塞杆,一边说,"这东西在世上大概不超过三套。"

客人开始成群出现。亨利搬了一只宽三尺、高四尺的针垫进门。他想就这种新艺术形式发表一番演说,但到了这个时候,一开始的正式气氛已经被打破了。盖伊夫妇也来了。李忠拿出了大串的鞭炮和百合花球根。到了十一点,有人把百合花球根给吃了,鞭炮暂时得以幸免。来了一群拉·易达的常客,相对而言他们和大家不太熟,但拘谨气氛很快就消散得无影无踪。朵拉像女王似的坐着,橘红色的头发仿佛燃烧的火焰。她动作优美地端着威士忌酒杯,小指翘在外面,注意着姑娘们是否举止规矩。医生用留声机放起舞曲,进厨房去烤牛排了。

第一次肢体冲突并不算太糟。拉·易达那群人中有人对朵拉的姑娘提出了不道德的请求。姑娘发出了抗议,麦克一伙义愤填膺,迅速把那个人扔出了门外,没打碎任何东西。这让他们觉得自己对聚会有所贡献,心情十分愉快。

厨房里，医生同时用三个煎锅煎着牛排，同时切着西红柿，并把切成片的面包撂到一起。他也觉得非常愉快。麦克自告奋勇地守着点唱机，发现了一张本尼·古德曼的三重奏专辑。人们跳起了舞，聚会逐渐有了深度和活力。艾迪走进医生的办公室，跳了一段踢踏舞。医生拿了一品脱啤酒进厨房，自斟自饮，感觉越来越愉快。当他端出牛排时，大家都很吃惊。没人真觉得饿，但还是迅速就清空了盘子。饭后，人们进入了心满意足的消化状态，气氛变得稍稍有些忧郁。威士忌喝光了，医生拿出了红酒。

朵拉像女王似的坐着，说："医生，放点儿高雅的音乐吧。看在耶稣分上，我可是受够了店里点唱机的那些曲子。"

医生用蒙泰威尔第的专辑放了《我发热，我燃烧》和《爱情牧歌》。客人们安静地坐着，目光中包含沉思。朵拉呼吸着乐曲的美丽。两个新来的人爬上楼梯，轻手轻脚地进了门。医生心里泛起一阵令人愉悦的金黄色感伤。音乐停止后，客人们仍然很安静。医生拿出一本书，用清澈深沉的嗓音念道：

> 到如今
> 如果我在灵魂中望见那柠檬色胸脯的美人
> 仍如往日般遍体金黄，脸庞像夜晚的漫天繁星
> 都落到了身上；身体忍受着火焰的炙烤，
> 在爱的尖刃下伤痕累累，
> 我最初的年幼爱人啊，
> 我的心就会在雪中活埋。

到如今
如果我那荷花般眼睛的姑娘再次出现
因年轻的爱太过沉重而疲惫，
我仍然会为她献上饥渴难耐的双臂
在她唇上痛饮沉重的红酒，
就像发昏的蜜蜂扑扇着翅膀
偷走白莲的花蜜。

到如今
如果我见到她躺着却双眼圆睁
洗眼液淌过颊上的酒窝
流至机灵的耳朵和苍白的侧颊
距离会让我发起难忍的高烧
我对她的爱会变成花朵组成的绳索，而夜晚
就是骑在白昼乳房上的黑发情人。

到如今
我的双眼不想再看，却仍不断描绘
描绘我失去的姑娘的脸。哦金色的戒指
拍打娇小的玉兰叶，
哦雪白的羊皮纸如此柔软
我用分离后的可怜嘴唇在上面写下过
用吻组成的诗句，但从此不会再写。

到如今

死神送给我略施粉黛的颤抖眼睑

狂乱的双眼和她可怜的瘦小身体

因喜悦带来的疲惫而支离破碎；

她如小红花般的乳房是我的慰藉

在丝巾上颤抖，而为了我的悲恸

还有曾经属于我的猩红色嘴唇。

到如今

两个集市还在喋喋不休地说着她的脆弱

但她却坚强到愿意爱我。渺小的人

为银子而做着奴隶买卖

皱起堆在眼睛周围的脂肪；可是

没有海底之国的王子能带走她

把她领到冰冷的婚床上。小小的可人儿啊，

你紧抓着我不放，像一件紧贴肌肤的衣裳；

我的姑娘。

到如今

我仍爱着细长的黑色眼眸，抚摸中和丝绸一样，

永远悲伤又充满笑意的眼睛啊，

眼睑合上时投下的阴影如此甜蜜

仿佛只是另一种美丽的扮相。

我爱那年轻的嘴唇，啊，充满香气的嘴唇，

和烟雾一样微微卷起的头发，

轻巧的手指,还有绿色宝石发出的笑声。

到如今
我还记得你总是轻声作答,
我们是同一个灵魂,你的手放在我的头发上,
你噘起近在咫尺的嘴唇,那记忆在我头脑中燃烧:
我见到拉缇神的女祭司在月亮下沉时做爱
然后提着明亮的金色提灯在铺着地毯的大厅里
毫无顾忌地随意躺下睡觉。[1]

他念完后,菲莉斯·梅已经在嚎啕大哭,连朵拉也用手帕按了按眼角。海瑟沉浸在诗句的发音里,没有仔细去听其中的意思。一阵共通的悲伤笼罩了所有人。每个人都想起了失却的爱,想起了曾有过的渴望。

麦克说:"老天爷,这可太美了。让我想起一位夫人——"他没再说下去。他们重新斟满酒杯,沉默不语。聚会的气氛在甜蜜的感伤中逐渐低落下去。艾迪进医生的办公室跳了阵踢踏舞,又回来坐下了。眼看聚会就要消散沉睡,楼梯上突然传来一阵轰隆隆的脚步声。一个浑厚的声音喊道:"姑娘呢,在哪儿?"

麦克开心地站起来,快步走到门边。修伊和琼斯的脸上也掠过一丝喜悦。"你想找什么样的姑娘啊?"麦克轻声问。

"这不是妓院吗?出租车司机说这儿有一家。"

---

[1] 《黑色金盏花》,由 E. 博伊斯·马特斯从梵文译为英文。

"你弄错了，先生。"麦克的声音充满愉悦。

"哈，那里面这些太太是干吗的？"

他们打了起来。不速之客是一群来自圣佩德罗金枪鱼捕鱼队的船员，结实健壮，擅长打架，趁着第一波进攻顺利进了屋。朵拉的姑娘们都脱下一只鞋，握住鞋尖，用尖锐的高跟鞋跟敲打身边经过的男人的头。朵拉一跃而起，冲入厨房，又挥舞着绞肉机冲了出来。就连医生也很开心，拿着一九一六年查尔姆斯汽车的活塞和活塞杆乱打一气。

这场架打得相当不错。海瑟绊了一跤，被人在脸上踢了两脚才重新爬起来。富兰克林牌的炉子轰隆一声倒在地上。新来的船员们被众人逼到了角落，拿起书架上沉重的书本保护自己，但还是逐渐被宾客们赶了出去。两扇前窗都碎了。阿尔弗雷德在街对面听见动静，抄起他最爱的室内球棒冲了过来，从后面发起了突袭。男人们扭打着下了楼梯，战场转移到了街对面的空地上。实验室的前门又只剩下一条铰链挂在墙上了。医生的衬衫扯掉了，瘦削而强壮的肩膀上划出了伤口，淌着血。他们刚把敌人往空地对面赶了一半，警笛响了。医生和庆祝生日的人群一起奔回实验室，把掉下的前门强行装上，刚关上屋里的灯，警车就呼啸而来。警察什么也没发现，众人坐在黑暗里喝着葡萄酒，开心地笑个不停。熊旗餐厅的姑娘们换了班，新一波姑娘气势汹汹地冲了过来。聚会终于达到了高潮。不久警察又回来了，探头看了看情况，砸了咂舌，也加入了聚会。麦克一伙坐着警车去吉米·布鲁西亚那儿买葡萄酒，结果吉米跟着他们回来了。聚会的喧哗声响彻整条罐头厂街，这是一场将暴动与保卫战所有优点集为一体的狂欢。圣佩德罗捕鱼队的船员们低调地溜了回来，受到众人的拥抱和爱戴。五条街开外的一位女士打电话报警，想抱怨噪声太吵，结果电话根本没通。警察向局里报告说警车被偷了，后来发现车在海滩上。医生盘腿坐在桌子上，微笑着，手指轻轻拍打着膝盖。麦克和菲莉斯·梅在地板上玩起了印度摔跤。凉爽的海风透过破碎的窗户吹进屋里，有人点燃了二十五英尺长的鞭炮。

31

一只成年地鼠在罐头厂街空地的锦葵草丛里住了下来。这地方再完美不过了。深绿色的锦葵长得又高又脆，甜美多汁，成熟后有奶酪似的小花从顶上极具诱惑地垂下来。这儿的土地也非常适合地鼠挖洞。土壤又黑又软，里面含的粘土比例刚刚好，不会碎成粉状，在地下挖出的隧道也不会倒塌。这只地鼠身体肥胖，皮毛光滑，颊囊里总是储存着大量食物。它的小耳朵干净又结实，眼睛和老式大头针的针头一样漆黑，大小相仿。它有一双擅于挖掘的健壮前爪，背上的棕色毛皮油亮光滑，胸前黄褐色绒毛十分茂密，柔软得出奇。它长着一口长弧形的黄牙，身后有条短短的小尾巴。总而言之，它是一只漂亮的地鼠，正处于一生中的黄金时代。

它走了好长的路才来到空地，觉得这里不错，就找了处高地开始挖洞。在这块高地上，它可以越过锦葵草丛望见罐头厂街上穿行的卡车，可以看见麦克一伙走向宫殿旅舍的脚步。它挖开煤黑色的土壤，发现这地方比原来想象得还要完美，因为土壤下面是一些巨大的石头。这样一来，它就可以把食物的储藏室安排在一块石头下面，不管下多少雨都不用担心坍塌。这是个让它可以安心居住的地方，它想生多少孩子就生多少孩子，想往哪个方向挖洞就往哪个方向挖。

凌晨，地鼠挖洞后第一次探出了头，外面的景色美极了。锦葵草在他身上投下绿色的光，第一缕朝阳射入它的洞口，温暖了里面的空气。它心满意足地躺在洞里，觉得舒服极了。

挖好宽敞的大开间、四个紧急出口和防水洞后，地鼠开始储存食物。它挑选出完美无瑕的锦葵茎，啃断后咬成它需要的长度，拖回洞里，在大开间里摆放整齐。它仔细地布置这些锦葵茎，让它们不会发酵或发酸。它找到了最完美的生活地点。附近没有花园，没人会设陷阱抓它。这里有猫，数量还不少，但光是罐头厂扔掉的鱼头和鱼内脏就已经够它们吃得肚圆体胖，根本用不着捕猎。土壤的沙子含量也够高，所以不会吸水，就算水灌进洞里也留不久。地鼠一个劲地埋头工作，直到大开间里堆满了食物。然后它又挖出了许多小小的侧室，为下一代做好准备。接下来几年里，它的小家将会繁殖出一代又一代的家庭，它将拥有成百上千的子孙。

但随着时间经过，地鼠开始有点儿不耐烦了：根本没有雌性出现。早上，它坐在洞穴的入口处，发出人类听不到的叫声，深深传入地下，传到其他地鼠的耳边。但这里仍然没有雌性出现。

最后它实在等不及了，爬到地面上穿过铁轨，找到了另一个地鼠洞，冲里面发出煽动性的呼喊。它听见洞里有了动静，也闻到了雌性的气味，结果钻出来的却是一只体积庞大、身经百战的老地鼠，对它狠狠地又打又咬。它一路逃窜回家，在自己的大开间里躺了整整三天，一侧的前爪上有两根指头断了。

它又在自己美好的洞穴边继续等待，在这个美丽的地方深情呼唤，但始终没有雌性出现。过了一阵子，它不得不离开了这个地方。它往山上挪了两条街，住到了一座开满大丽花的花园里。那儿的人每天晚上都设下捕鼠陷阱。

32

医生慢慢醒了过来，迟缓得像是泳池里挣扎出水的胖男人。他的意识跃出了混沌的水面，中途又落回去好几次。他的胡须上有红色的唇膏。他睁开一只眼睛，看到拼布被鲜艳的色彩，连忙又闭上了。过了一会儿，他重新睁开了那只眼睛，目光越过被子望向门口，望向角落里打碎的盘子，望向地板上翻转的桌子和上面的玻璃杯，望向地上的红酒渍和蝴蝶坠落般散落的沉重书籍。整个屋里到处撒着卷曲的红色纸片，空中蔓延着鞭炮的刺鼻气味。透过厨房门，他看见了高高摞起的牛排盘子和满是油腻的煎锅。地上有上百个踩扁的烟头。鞭炮气味之下还有红酒、威士忌和香水的微妙混合气味。他的目光落到了房间中央的一小堆发夹上，并在那里停留片刻。

医生慢慢翻过身，用手肘支起身体，透过破碎的窗户向外望。罐头厂街阳光灿烂，一片寂静。锅炉的门开着，宫殿旅舍的门关着。一个男人安详地睡在空地的杂草丛里。熊旗餐厅的大门紧闭。

医生爬起身，走进厨房，给热水器点上火，然后去了趟厕所。回来后，他坐在床沿上活动脚趾，扫视房间里的一片狼藉。山上传来教堂的钟声。热水器开始咕噜作响，他去浴室冲了个澡，换上蓝色牛仔裤和法兰绒衬衫。李忠的店没开，但李忠看清来人后就开了门，没问一句就从冰箱里拿出了一品脱啤酒。医生付了钱。

"开心？"李忠问。他棕色的眼睛明显发红。

"开心！"医生说，带着冰啤酒回到了实验室。他做了个花生酱三明治，就着啤酒下了肚。街上非常安静，一个行人都没有。医生的头脑里放起了音乐，听起来是小提琴和大提琴。它们奏起冷静柔和、抚慰人心的乐曲，没什么特点，听不出是什么作品。医生吃着三明治、呷着啤酒，听着这首无名曲。喝完啤酒，他进了厨房，把脏盘子都从水池里拿出来，在水槽里灌满热水，同时往里倒了些皂屑，让雪白的肥皂泡堆得高高的。然后他在屋里走了一圈，把所有没碎的杯子都拿过来，放进滚烫的肥皂水里。装过牛排的盘子高高地摞在烤箱上，棕色的酱料和白色的油脂将它们粘在一起。医生在桌子上清出一块地方，把洗干净的玻璃杯摆上去。然后他打开里屋的锁，拿出一张格林高利唱片，开始播放《主祷文》和《羔羊颂》。天使般脱离现实的歌声充满了整个实验室，无比纯洁，无比甜蜜。医生小心地洗着杯子，不让它们互相碰撞，以免打扰这样的音乐。男孩唱诗班的声音时高时低，十分纯粹,但又比其他任何种类的歌唱都更加丰富。唱片结束后,医生擦干净双手,关掉了留声机。他看见床下有本书露出了一半,就把书捡了起来,坐到床沿上。一开始,他默念了片刻,但嘴唇随即就动了起来,不久就开始放声朗读。他读得很慢,一行一顿:

到如今
我在意着从塔中前来的智者和他们的交谈
他们的青春都用来沉思。而我,在一旁聆听,
混乱的颜色喃喃低语,我们昏昏欲睡;
小而睿智的词语,小而机智的词语
和水一样自由放浪,包含急切的甜蜜。

水池里堆得高高的白色泡沫逐渐降温,肥皂泡一个一个地破裂,发出细微的清响。码头下正值涨潮,波浪拍打着已经很久没有触碰过的岩石高处。

到如今
我注意到我爱黑丝柏和玫瑰,清澈的,
宏伟的蓝色山峰和低矮的灰色小丘,
大海的声音。曾有一天
我见过奇异的双眼和蝴蝶般的双手;
云雀在清晨从百里香上为我飞来
孩子们在小溪里沐浴。

医生合上了书。他能听见码头下波浪的律动,能听见白老鼠踩在铁丝上的脚步声。他进了厨房,试了下池子里冷却的水温,又加了些热水进去。对着水池、白老鼠和他自己,医生大声读道:

到如今,
我知道我已经尝过生活灼热的滋味
在丰盛的宴席上举起过绿色和金色的酒杯。
有一段被人遗忘的短暂时光
我的目光里装满了其他事物,离开了我的姑娘
最为洁白的永恒之光——

他用手背抹了抹眼睛。白老鼠在笼子里窜来窜去。响尾蛇在玻璃箱里一动不动地躺着,用灰蒙蒙的眼睛不悦地盯着虚空。